AF191068

ALICE DEMONA DARTH

RÉMKÉPEI

novum pro

www.novumpublishing.hu

© 2023 novum publishing

ISBN 978-3-99131-721-0
Lektor: Sósné Karácsonyi Mária
Borítókép: Borbély Melinda
Borító, tördelés & nyomda:
novum publishing
Illusztrációk:
78. oldal: © Olaf Tausch
89. oldal:
© Evren Kalinbacak | Dreamstime.com

A szerző által a kiadó rendelkezésére
bocsátott képek a legjobb minőségben
kerültek nyomtatásra.

www.novumpublishing.hu

Climate neutral
Print product
ClimatePartner.com/16547-2201-1002

ELŐSZÓ

Ezt az olvasmányt azok számára ajánlom elsősorban, akik hisznek a lélekvándorlásban. Vagy szeretnének hinni abban, hogy nincs vége a tudatnak halál után. Akik meg egyáltalán nem hisznek semmiben, azok maximum elmondhatják, hogy volt egy izgalmas mesekönyv a kezükben.

Jómagam sem gondoltam volna, hogy egyszer egy ehhez hasonló könyvnek nekiveselkedem, de úgy érzem, hogy most jött el az ideje annak, hogy megpróbáljam valamelyest lerántani a leplet a halál és az élet valójáról. Vagy mondhatnám azt is, hogy egy igen megbecsült, de már elhalálozott íróról szeretnék mesélni. Bár nem vagyok benne teljesen biztos, hogy ez az ő élete, mert most is kavarognak bennem az emlékek, és nem tudom hova tenni. Kérdések merülnek fel bennem folyamatosan. Biztos, hogy az én életem volt az övé? És ha nem az ő élete, akkor kié? Nem csak szimplán valaki odaátról átadta nekem, ezzel üzenve a jövőbe? Igazából nagyon szeretném, hogy ne az én emlékeim legyenek, de erre egyre kevesebb a remény. Talán egy kiadós hipnózis megoldaná a problémákat, de eddig még nem vitt rá a lélek, mert félek. Félek, hogy olyan képek is előjönnek, amiknek nem kéne. Mondjuk, olyan részleteket is látnék, amelyek inkább egy horrorfilmbe illenének – mert van rá esély. Egyelőre beérem azzal, ami van, mert ez is sok számomra.

Lassan 46 éve próbálom összerakni a széthullott emléképeket, kisebb-nagyobb sikerrel, de még mindig nem teljesen tiszta és folyamatos a „film". Ha netalántán kiderülne, hogy ezt az egészet csak az én agyam generálta, akkor lennék a legboldogabb. De amíg senki nem tudja nekem az ellenkezőjét bebizonyítani, addig marad számomra a mély, fekete nyúlüreg, amiből nincs kilátás.

Természetesen felnőttfejjel megpróbáltam egy-két embernek elmesélni, de vagy úgy néztek rám, mint aki most szabadult a diliházból, vagy egyáltalán nem értettek semmit az egészből, vagy csak legyintettek, mondván, biztos csak álmodtam az egészet. A materialistákról nem is beszélve. Egy kezemen meg tudom számolni, hogy hányan mondták azt: „hiszek neked". Most sem várok mást, csak reménykedem benne, hogy hátha valaki tudja a megoldást a történtekre, és sikerül összeraknia a képkockákat. Mi lehet igaz belőle, és mi nem?

BEVEZETÉS

Mit tennél, ha felfedeznél egy titkot, ami mindent megváltoztatott az életedben? Mélyen hallgatnál – bár ez sok mindentől függhet –, vagy elmondanád a nagyvilágnak, mert már nem bírnád magadban tartani? Aztán lesz, ami lesz. Én most az utóbbit választottam.

Itt most leszögezném azt is, hogy teljesen megértem a Mátrix íróját is Laurence Wachowskit, bár nem tudom, hogy teljesen tudatában volt-e az írásával, vagy csak kitalálta, vagy súgták neki fentről, de minden szava igaz. Fel kéne már ébrednünk, hogy az a világ, amit magunk körül látunk, nem teljesen a valóság. Ez egy börtön. Nem mi tettük azzá. Így alakították mások, hogy nekik jó legyen. Ott van még példának George Lucas. Ő azt állítja, hogy csak kitalálta az egész filmet. Pedig ha tudná, hogy nem kitaláció, csak újra átélte azt, ami már egyszer megtörtént, vagy inkább mondjuk úgy, hogy visszaemlékezett. De erről majd egy kicsit később szeretnék bővebben írni, ha már így megmaradtak az emlékeim az utókor számára.

Azért azt is elmondanám, még mielőtt belekezdenék a történetbe, hogy nem kis terhet jelent ez számomra. Mióta eldöntöttem, hogy megírom – két héttel ezelőtt –, azóta 2 kg-ot fogytam és akárhányszor eszembe jutnak a történtek, összeszorul a gyomrom. Feszült vagyok és ideges. De valamiért meg kell tennem.

Történetem feltételezhetően arról az íróról fog szólni, aki Alice történeteit megalkotta mese formájában. Hogy miért csak feltételezhetően? Mert még mindig nem vagyok biztos semmiben. Most felmerülhet a kérdés, hogy vajon egyre gondolunk, vagy lehet, hogy más író alkotta a meséket, csak eltulajdonították az eredetieket, és más címet is adtak neki, és más írói nevet? Ki tudja? Talán a részletekből minden kiderül. Akire én emlékezem, zárkózott ember volt, és nem véletlen, mert talán több személyiséggel rendelkezett, aminek nem volt teljesen tudatában. Nevezhetném akár skizofrénnek is. Ugye így már kezd egyre érdekesebbé válni a történet? Tudom, hogy most mindez hatalmas felháborodást okoz a rajongóiban és mindenkiben, aki olvasott tőle akár verset, akár mesét, vagy tanulmányozta a matematikai tudását, de valljuk be őszintén, hogy minden zseniben ott lapul valahol mélyen az őrült is. Miből gondolom, hogy skizofrén volt? Mert én az voltam, és ha én voltam ő, akkor egyértelmű a dolog. Ha nem ő voltam, akkor is skizofrén voltam, de akkor ő kizárva. Ez majd kiderül később a történetem elbeszéléséből, hogy valójában mit miért tett – vagy tettem, ha igazak egyáltalán a feltevéseim és az emlékeim. Miből gondolom, hogy talán én voltam ő? Emlékeznek az *Alice Tükörországban* és az *Alice Csodaországban* című mesékre? Pontosan tudom, hogy hol fonódik össze tökéletesen a két mese. Kezdjük az *Alice Tükörországban*nal! Emlékeznek, mikor az óramester megérkezik a Kalaposhoz, nyuszikához és a többiekhez a kertbe? Éppen teázáshoz készülődnek, és várják Alice-t. Igaz, hogy a Kalapos meghívta Alice-t, de azt nem mondta, hogy el is jön. Ezen gurul be az óramester és ezt mondja: „Kérdezted, hogy mikor van a mindjárt. Inkább megmutatom, mikor van a most. Most van pontosan egy perc hátra a teázásig. Amíg az ifjú Alice nem csatlakozik hozzátok, mindaddig pontosan egy percetek lesz a teázásig. Neked, és a kis békáknak is." A következő jelenet folytatását az *Alice Csodaországban* történetben kell keresni. Alice összefut Nyalkával az erdőben, aki elkíséri őt Kalaposhoz. Mikor megérkeznek a kertbe a teaasztalhoz, minden borzalmas állapotban van, mert az idő, vagyis az az egy perc mindaddig ismétlődött, amíg Alice meg nem érkezett. Ez több évbe is belekerült. A mostani életemben soha egy mesét vagy írást sem olvastam ettől az írótól. Azt sem tudtam, hogy létezett. Csak arra emlékeztem, hogy íróként mindig az asztalom felett görnyedtem, de legtöbbször nem ülve, hanem állva írtam. Aztán egy szép napon megnéztem valami okból kifolyólag mind a két mesét. Akkor ugrott be, hogy talán ezeket én írtam, és valahol össze is kapcsoltam őket. A két kedvenc szereplőm az óramester és Kalapos volt. Az idő felfogása egy relatív dolog. A legtöbb ember rossz irányból közelíti meg. Nem azt kell nézni, hogy milyen kevés van hátra, ha nem azt, hogy mennyi mindent megtehetsz még. Mert ugye, az idő mindig csak ad és ad és ad és csak az utolsó pillanatban vesz el mindent. A Kalapos egy tiszta erkölcsű, tele szívvel rendelkező, jóakaró, szelíd kis ember volt. Amilyen mindig is szerettem volna lenni. Bár felmerült bennem az a kérdés is, hogy mi van, ha nem én voltam az író, csak szerettem volna olyan lenni, mint ő? Mert megeshet az is, hogy annyira rajongtam érte abban az időben, hogy talán minden írását elolvastam, és ebből kifolyólag maradtak meg az emlékeim vele kapcsolatban, amiket összefontam a saját életemmel. Elvégre is egy skizofrén agyában bármi megtörténhet. Ami az író mentségére szól, hogy életrajzából olvasva ő tüdőgyulladásban halt meg „állítólag". Én viszont nagyon nem abban, de mégis valahogy összefonódottnak látszik az életünk. Hát ember legyen a talpán, aki ezt ki tudja majd bogozni. Viszont egyvalamit kénytelen vagyok felvállalni a rossz emlékek javára, mégpedig azt, hogy a helyzet nagyon úgy néz ki, hogy Hasfelmetsző Jack szerepe sajnos rám jutott, akárki is voltam valójában abban az időben. A problémához az is hozzájárul, hogy kevés és zavaros emlékekből kellett összeraknom a képet, de a tényeken ez mit sem változtat. Ami megtörtént, az megtörtént, és kitörölhetetlenül bennem él. De térjünk vissza a mostani könyvemhez. Azt azért elmondom, hogy nem lesznek horrorisztikus jelenetek a könyvben, de a lényeg benne lesz, mert egyrészt törlődtek – gondolom, nem okok nélkül –, másrészt nem csak a régi életemet akarom felvázolni, hanem a mostani, 21. századit, és persze a két korszak között eltelt időt is, amit úgy neveznek, hogy köztes világ, és a még megmaradt saját emlékeimből Atlantiszt. Ezen belül Egyiptom isteneit és valós terveiket az emberiséggel, hogy kik voltak valójában, hogyan éltek, mivé alakultak át napjainkra, és mi lenne a mostani céljuk ebben a mások által eltorzított világunkban. Természetesen még felfedném a leplet az emberiség által ismert egy istenükről, aki még véletlenül sem játszott szerepet az általam ismert atyáim és anyáim között.

9

Ezen kívül számtalan éjszakai utazásról is beszámolok asztráltestem szintjének köszönhetően, melyek a mai napig megmaradtak bennem. Talán ennek a bizonyos szintnek köszönhetően jöttem rá arra is, hogy kinek születtem valójában, és hová is kellene tartanom és tartanunk most, és milyen célt kellene elérnünk, és talán az is benne lesz, hogy mindezt hogyan lehet megvalósítani.

És ha még mindezek után is tartod a könyvet a kezedben, mert kíváncsi vagy, hogy mi fog ebből kisülni, akkor dőlj hátra a karosszékedben és figyelj minden apró részletre, talán segít a megoldásban!

Tehát most gondolatban repüljünk vissza Oxfordba, méghozzá az 1863-as és '88-as évekbe, amikor még csak jóformán lovaskocsikkal jártak az emberek, de már a gőzmozdonyok léteztek, és London egyes utcáin gázlámpákkal világítottak sötétedés után.

A RÉMÁLMOK KEZDETE

Egy szép, napos délután, mikor véget ér a tanítás az egyetemen, kijövök az iskolából, mint oktató. Tisztában vagyok vele, hogy férfinak születtem. Sötétszürke zakót, hozzá illő nadrágot viselek, egy fehér inget, és világos, keskeny karimás kalapot. Felpattanok az iskolafalnak támasztott kétkerekű, lábbal tekerhető masinára, aminek az első kereke nagyobb, mint a hátsó, és nincs rajta lánc. Az elülső keréken vannak a pedálok. Ezt a biciklit ajándékba kaptam valakitől. Elindulok vele hazafelé. Jókedvűen és vidáman. Már jó ideje tekerek az úton, mikor elérek egy vasúti sínhez, ami egy töltésen halad végig. Jobbról és balról fákat látok, nem túl messze a töltéstől. Lekanyarodom balra a töltés mentén, hogy lerövidítsem az utamat. Imádkozni kezdek magamban, hogy csak most ne jöjjön erre egy gőzmozdony, és ha mégis, akkor se szólaljon meg a fütty hangja, mert akkor végem. Nincs az az isten vagy ember, aki engem fel tud utána tartóztatni abban, aminek nagyon nem kéne megtörténnie. De nincs szerencsém: már messziről látom a füstfelhő közeledtét. Én meg csak tekerek egyre veszettül, reménykedve abban, hogy hamarabb hazaérek, mintsem megszólaljon az átkozott kürt, és mondogatom magamban egyre gyorsabban, hogy „meg ne szólalj, meg ne szólalj". Minden hiába. Kegyetlen üvöltésbe kezd a kürt, mintha csak azt mondaná, hogy „Megvagy, most nem menekülsz". És csak üvölt és üvölt. Közben lekanyarodom jobbra, a fák közé. Az én fejem meg belesajdul, majd' szétszakad. Végre elérem a házunk kapuját, ami téglából van kirakva. Jobbról és balról téglaoszlopok, és szerencsémre rajta a vaskapu nincs becsukva, bár már hiába. Ledobom a biciklit jobbra, én meg futok balra, a mellékházba, ami inkább egy sufnira emlékeztet, falécekkel kirakva. Jobb, ha ebben az állapotban nem lát engem senki. Erősen nyomom a füleimet a kezeimmel, hogy ne halljam a hangot. Közben üvöltök a fájdalomtól. Idővel a kürt hangja

11

elhallgat, de a fájdalom és a kezdődő gyötrelem marad. Már érzem, hogy nem vagyok önmagam. Már nem teljesen tudom irányítani a tetteimet és a gondolataimat. Valaki vagy valami más lett úrrá rajtam. Képtelenség irányítani, de talán még lassítani lehet. Érzem a hitvány gondolatait, amik a fejembe férkőznek. Megint csak a vadászat jár az eszében. – Menj! Szerezd meg magadnak! – üvöltözi. – Ha te nem kellesz neki, szerezd meg magadnak! – és csak mondja és mondja. Közben próbálok rajta mindenáron uralkodni. Belenézek hirtelen a tükörbe, aminek kerek formája van, és tőlem jobbra lóg a falon. A bejárati ajtó mögöttem nyitva. A túloldalról számomra egy teljesen ismeretlen, eltorzult arc néz vissza rám. Ez én lennék? – kérdem magamtól. Ilyen ronda vagyok? Hát ezért nem kellek én egy nőnek sem? Ha nem, majd megszerzem magamnak őket! Csak az jár a fejemben, hogy valahogy vissza kell fognom ezt a vadállatot, ami bennem rejlik. Mert olyan dolgokra képes, hogy arra józan emberi lélek nem. Dühömben összetöröm a tükröt ököllel. Majd ránézek az asztalra és eszembe jut, hogy írnom kell róla egy mesét. Azzal talán lelassíthatom. Így kezdődött a mese története a tükörrel. Körülbelül a felénél járhattam, mikor felkiáltottam hangosan, hogy „ez az"! Itt fog tökéletesen összekapcsolódni a két mese. Én egy zseni vagyok! Nem tudom, mikor fejezhettem be az írást, mert mire feleszméltem, már éjszaka lett. A vadállatot is elég jól sikerült lenyugtatnom, de még mindig nem tudok teljesen uralkodni felette. Menthetetlenül az övé vagyok. Azt csinál velem, amit csak akar, és nem tehetek semmit. Akkor jön és akkor megy, amikor csak akar. Elhiteti velem, hogy ismét találkozhatok Alice-szel, álmaim menyasszonyával, és újra az enyém lehet. Tudja, hogy erre mindig nagyon izgatott leszek, és alig várom, hogy újra láthassam és a nyomába eredhessek, mint valami farkas a préda után. Valahol a lelkem mélyén tudom, hogy nem igaz mindaz, amit mond vagy tesz, és tudom, hogy ezzel a dologgal egyedül már nem boldogulok. Valahonnan, valakitől segítséget kell kérnem. Talán egy rejtvény még nem késő? Írok egyet a nyomozóknak. Nem lesz túl nehéz, de egyszerű sem. A rejtvényem matematikai példákon alapul. A megoldás az egyik mesekönyvem címe. Ezzel fejezem be a rejtvényt. Ha megoldják és rájönnek a címre, akkor egyből rám találnak, és talán lekapcsolnak időben. Elkészültem vele, de már nincs időm feladni. A bennem lakozó szörnyeteg kikényszerít a házból és ösztönöz, hogy induljak. Így hát indulok, és reménykedem, hogy láthatom őt újra. Nem tudom, mennyi időt üt az óra, mikor visszatérek a házunkhoz. Teljesen kimerülten és lelkileg összetörten botorkálok fel a lépcsőn, közben tépkedem le magamról a véres ruhákat. Majd szobámba érve bezuhanok az ágyba, és csak reménykedem, hogy mire felébredek csak rémálomként fogok visszatekinteni a történtekre. De mi lesz, ha nem? Mi lesz, ha megtalálják a ruháimat? Folytatnám még a gondolatsort, de a kimerültségtől elalszom. Reggel, mikor felébredek, nagy meglepetésemre tiszta, hajtogatott ruhákat találok a székemen. Hirtelen még a szívem is megáll egy pillanatra. Tényleg? Csak álom volt az egész? – kérdem magamtól meglepetten. Na, azért menjünk biztosra! Óvatosan és lassan kikelek az ágyból, elindulok a lépcső felé, hogy valóban nem hagytam-e valahol egy darab ruhát esetleg, amit még más nem talált meg, de semmi. Sehol semmi. Visszaülök az ágyamra görnyedt háttal, és csak bámulok magam elé és azon töprengek, hogy akkor most mi is van valójában? Vagy volt? Vagy nem is volt? Teljesen összezavarodtam. Most mitévő legyek? Ez nem maradhat így. Ennek valahogy utána kell járnom. Segítséget kell kérnem valakitől, akiben megbízhatok. De hogyan? Azt sem akarom, hogy megöljenek. Esetleg valami orvosi segítség? Ha elmesélem és meg sem történt, akkor azért fognak elzárni. Az ima eddig mit sem segített. Hiába lettem pap. A szavaim nem találtak vigaszra, hiába menekültem többször is a kápolnába imádkozni, a szörnyeteg sosem tágított a fejemből. Hirtelen eszembe jut a rejtvény. Leszaladok a házból, át az udvaron, a kis házba. Keresgélek az asztalon, a polcokon, de sehol semmi. Felteszem magamban a kérdést: Akkor most tényleg nem történt meg? Vagy esetleg megtalálta valaki és feladta a postán, vagy csak szimplán elvitte a nyomozóknak? Az is lehet, hogy kidobta. Vagy tényleg csak egy rossz álom volt az egész. Lehet, hogy a meseírás kezd az agyamra menni. Azt hiszem, most jobb lesz, ha egy kicsit szüneteltetem az írást.

Napokig nem hagynak nyugodni a történtek. Próbálok különbséget tenni valóság és álom között. Persze senkinek nem szólok róla egy szót sem. Főleg nem az otthoniaknak. Mindig csak azt kérdezik tőlem: „Hogy aludtál? Most nem voltak rémálmaid?". Zavarodott vagyok, mert senkinek nem beszéltem otthon az álmaimról, legalább is nem emlékezem rá, és nem tudom ezt a dolgot hova tenni. Kezdek kicsit félni. Lehet, hogy mégis tudnak róla, de nem mondják? Ha tudják is, miért nem beszélnek róla? Lehet, hogy félnek tőlem vagy félnek attól, hogy minden kiderül, ők meg szégyenkezhetnek miattam? Egyáltalán merjek velük erről beszélni? Jobb, ha még nem. Más megoldást keresek.

Ismét az egyetemen vagyok. Egy márványlépcső mellett állok, és várok egy befolyásos, magas rangú jóbarátomra, akiben, úgy gondolom, hogy megbízhatok. Idegesen és feszülten járkálok fel-alá, majd kisvártatva végre megérkezik. – Megkaptam az üzenetet! Siettem, ahogy tudtam.

– Mi történt? – kérdezi meglepődve és kíváncsian.

– Jöjj velem, mert itt még a falnak is füle van.

Majd felvezetem egy szobába, ahol csak ketten vagyunk. Elmondok neki mindent és megkérem, hogy nézzen valahogy utána, vajon megtörténtek-e velem ezek a dolgok, vagy csak álmodtam az egészet. Ő természetesen nyugtatgat, hogy biztos csak álom lehetett, ha a ruhák is eltűntek, de nyugodjak meg, mert utánajár, és természetesen nem beszél róla senkinek. Megkérem arra is, hogy ha kiderülne, miszerint mégis egy vadállat vagyok, azért, ha lehet, ne ölettessen meg. Hátha van más módja is, hogy megfékezzük. Esetleg zárasson bolondokházába. Még mindig jobb, mint a halál. Bólintott, majd távozott a szobából. Nem sok időre rá megtudtam, hogy ez a jóbarátom meghalt betegségben, így kétesnek látszott a segélykiáltásom kimenetele.

Az utolsó vadászat

Éjszaka van. Az eső is elállt. Csillognak a macskaköves utak London utcáin. Egy vasúti átjáró alatt találom magam ismét izgatottan és eltorzult arccal, ahogy az ilyenkor lenni szokott, mikor vadászatra indulok, és éppen azt a lányt pillantom meg a hosszú, szőke hajával és a világoskék ruhájában, ahogy fürge lábain halad tőlem nem messze. Teljesen fel vagyok villanyozva, hogy nemsokára újra az enyém lesz. Ha nem, úgy másé sem lesz. De mindenféleképpen megszerzem magamnak. Ebben teljesen biztos vagyok. Nincs, aki megállítson. Követem, bármerre is megy. Éppen egy parkon haladunk keresztül. Szegény, mintha csak érezné, hogy valaki vadászik rá. Egyre gyorsabban szedi az apró kis lábait, közben hátra-hátra tekinget, én meg egyre jobban közeledem felé, de még mindig nem vett észre. Úgy érzem, hogy engem is követ valaki, de nem érdekel, mert a vadászat teljesen lefoglal és elveszi az eszem. Szinte már a nyakában lihegek, mikor hirtelen a nagy sötétségből elém toppan egy magas férfi. Hosszú ballonkabátot visel, és kerek kalapot. Bajuszos, vastag szemöldöke van, és szúrós tekintettel néz le rám a lámpafény alatt. Egy szót sem szól, csak előránt egy kést és leszúr bal kézzel. Teljesen meglepődve és hatalmas fájdalmak közepette zuhanok a hideg kőre. Már nem tudok megszólalni, mert minden elsötétül körülöttem. Majd minden elcsendesedik, és már fájdalmat sem érzek. Felkelek a kőről, de már nem érzem, hogy hideg. Megváltozott minden körülöttem. Már semmit sem úgy látok, mint ezelőtt. Mintha másik dimenzióban lennék. Megszűntek a határok. Nincsenek élei a tárgyaknak, vagy határai. Vibráló fényeket látok körvonalak nélkül. Nem tudom megmondani, hogy éppen falat látok, vagy csak egy víztükröt. Minden zavaros lett körülöttem. Egyszer csak két alakot pillantok meg a sötétben, mintha csak erre vártak volna. Szárnyak vannak a hátukon. Lándzsák a jobb kezükben, a balban pajzsok, lábukon szandál, és valamiféle szoknyaszerű az alsótestükön. Mintha egy viadalra készülnének. Meglepődve nézek rájuk – és egyben félve is. Nem érzem, hogy jó szándékkal jöttek volna, de azt igen, hogy nem kis erejük van. Egyszer csak megszólal az egyik.

– Tudod, hogy most meghaltál?

Hitetlenül kérdezek vissza:

– Meghaltam? Az nem lehetséges, hiszen itt állok előttetek.

Mire a másik ezt mondja:

– Gondoltam. Akkor próbálj meg levegőt venni az orrodon vagy a szádon, ha annyira élsz!

Azt hittem, viccel velem, de nem. Komolyan és szigorúan nézett, és várt. *Hát jó,* gondoltam. *Miért is ne?* Próbálkoztam mindenhogy, de nem sikerült. Rádöbbentem, hogy igazuk van. Nincs visszaút.

– Na, most már elhiszed? – kérdezi.

– El – válaszoltam bús fejjel. Már jött is a következő kérdés.

– Meg tudsz-e mindenkinek bocsájtani itt a Földön, aki ellened vétkezett?

Ezen nagyon meglepődtem.

– Miért? Ha nem, akkor nem mehetek veletek?

– Akkor nem.

Abban a pillanatban éppen az az ember járt a fejemben, aki leszúrt. Nagyon dühös voltam rá. Bosszút akartam állni, nemhogy megbocsájtani. Elvégre is jogtalanul elvette az életemet.

– Igen! Neki is meg kell tudnod bocsájtani, máskülönben maradnod kell – jött kérdés nélkül a válasz. Mintha csak belelátnának a fejembe. Úgy éreztem, nincs más kiút, így hát erőt vettem magamon és ezt mondtam:

– Megbocsájtok mindenkinek.

– Nem, ez így nem fog menni. Ha nem teljes szívedből mondod, akkor nem ér semmit az egész.

Bólintottam, majd még több erőt vettem magamon, megpróbáltam átélni teljes szívből a megbocsájtást, és sikerült. (Bár ne tettem volna!) Nehéz megfogalmazni azt az érzést, ami akkor úrrá lett rajtam. Talán, mint aki rengeteg nyugtatót vett be és nem tud ellenállni semminek. Erőtlen, kiszolgáltatott, mámorban úszó, éppen csak a nyála nem csurog-érzésnek nevezném. Ha akkor azt mondják, hogy ugorjak kútba, még azt is megtettem volna.

*(Itt lép be a lélek a számára **nem** kívánatos **KARMA** kerekébe, amit meg is törhetne, ha lenne hozzá elég akarata, ereje és tudása.)*

Agymosottan megkérdeztem, hogy akkor most mehetek-e velük.
– Nem még. Meg kell várnod a temetésedet. Majd csak utána.
– Értem jöttök?
– Nem. Neked kell megtalálnod az utat. Érezni fogod, hogy merre kell menned. Csak hagyd, hogy irányítsanak az érzéseid.
Majd mindketten eltűntek a szemem elől. Néztem magam elé a földre, ahol utoljára összeestem. Akkor kaptam észbe, hogy eltűnt a testem. Vajon hova lett? –kérdeztem magamtól meglepőve. Elkezdtem keresni. Kicsit távolabbra nézve vettem észre, hogy egy rácsos lovaskocsiba tuszkolják. Vajon hová viszik? Becsapták az ajtókat, majd elindultak vele. Nem kis sebességgel haladtak. Én meg mögöttük lebegtem. Nem sokra rá, bár én itt már időt nem érzékeltem, megálltunk a házunk előtt. Ketten bevitték a testem, a harmadik ember, aki engem leszúrt, mögöttük haladt. A házból fény szűrődött ki. Ébren voltak még ketten. Talán a testvéreim lehettek, vagy a szüleim. Bevittek, majd közölték a bentiekkel, hogy fürdessenek meg és fektessenek az ágyamba, mintha csak nagyon beteg lennék, az orvost majd ők intézik. Hiába kiabáltam, hogy ne tegyék: nem hallott és nem látott senki. Könyörögtem, hogy ne titkolják el a tetteimet a világ elől, mert mindenkinek joga van megtudni, hogy mit tettem és ki voltam valójában, de mindhiába. Egyszerűen nem értettem, hogy mindez miért történik, és kinek lesz jó. Minden hadakozásom ellenére követték az utasításokat. Én meg csak néztem a ceremóniát. Nem tehettem ellene semmit. Álltam szomorúan, majd kis idő elteltével elhagytam a házat. Megkerestem mindazokat, akiket valaha szerettem. Megnéztem, hogyan élnek, jól vannak-e, és néha gondolnak-e rám. Egyszer csak arra lettem figyelmes, hogy jött egy érzés, hogy mennem kell. Itt az idő.

Mentem az érzés irányába. Egészen lehangolt területre értem. Már sejtettem, hogy a temetésemre érkeztem. Ezt kellett megvárnom. A sírom előtt jobbra egy pap állt. A bal oldalán egy hatalmas fa ágaskodott. A fával körülbelül szemben, nem messze egy épület volt. Talán a ravatalozó, vagy egy kis kápolna. A sírom lábánál egy női alakot véltem felfedezni szőke hajjal. Hirtelen azt hittem, hogy anyám az, de rájöttem, ő már rég nem él. Csak az egyik lánytestvérem lehetett az, aki nagyon hasonlított anyámra. Megpróbáltam szólítgatni, hogy „itt vagyok", de mindhiába. A pap elment, a temetés véget ért.

APRÓ SZÖSSZENETEK

Itt most szeretném beszúrni a saját okfejtéseimet. Tehát a halál körülményei bizonyára nem stimmelnek. Nem tudom valójában, hogy egy tüdőgyulladásba hány nap alatt lehet belehalni, és gondolom attól is függ, hogy mennyire előrehaladott a betegség. A leírásokban, amiket olvastam róla, azt írták, hogy öt nap alatt halt bele. Nem tudom, hogy igaz vagy hamis az állítás. Ezen kívül a biciklis filmem néha másképp folytatódik, mert néha a téglás kerítéses házat látom magam előtt, de néha a fás részen találom magam, egy kis faviskóban, biciklimet eldobva, és abban a viskóban kezdek írni. Látok benne egy asztalt, mindjárt a bejárat előtt, középen, jobbra, a falon a tükröt. Az asztaltól balra egy apró, kerek kályhát, aminek a csöve a mögötte lévő falon keresztül vezet ki. A bejárati ajtó falán, a hátam mögött balra, egy polcos kis faliszekrény látható, amin mindenféle papírok és jegyzetek hevernek. Az asztallal szemben egy rácsos ágy fekszik, közvetlenül a fal mellett. Rajta valamilyen matracféleséggel és egy koszos párnával, és vékony pokróccal. Az asztalon egy gyertyatartó gyertyával, előtte tiszta papírok, a gyertyatartó mögött mártogatós tinta, és hozzá acél írótollak hevernek az asztalon. Ez a fakunyhó is az, ami miatt néha borul nálam az egész elmélet. Nem tudom, hogy rendelkezett-e valami hasonlóval, vagy hogy egyáltalán az övé lett volna. Egy következő jelenetben a töltésen, a sínek között találom magam éjszaka egy halott nővel, akit életemben azelőtt még sosem láttam. Ocsmány szavakat mondogatok neki, és szörnyű dolgokat teszek vele. Aztán nem tudom, hogy otthagyom-e vagy sem, de egyszer csak eltűnik a teste. Az is lehet, hogy én tüntettem el az erdőben, de az is lehet, hogy más. Ha érzéseim nem csalnak, akkor sajnos már egész ifjúkoromban elkezdődtek nálam ezek a dühkirohanások egy vitának köszönhetően, amit egy férfival folytatok le, aki lehet az apám vagy valaki más. Mindenesetre hatalmas lelki sérülést okozhatott nálam és nem tudtam feldolgozni, mert utána kezdődhetett nálam ez a zavartság, ha már ez is emlékül maradt. Elképzelhető, hogy az egész csak egy rossz hallucináció az agyamban, amit jobb lenne elfelejteni mindörökre.

MENNYORSZÁG ÉS A POKOL

Gondoltam, most már én is mehetek végre tovább az utamra. Erősen koncentrálni kezdtem, hogy merre induljak. Nem is tartott sokáig, és már jött is az érzés, hogy merre tovább. Megfordultam, és szélsebesen haladtam a célom felé. Meglepetésemre, mikor odaértem, egy hatalmas barna tölcsér jelent meg előttem. Úgy nézett ki, mintha földpor emelkedne a magasságba és keringene szépen lassan körbe-körbe. Belebegtem a tölcsérbe. Más lelkek is voltak ott. Volt, aki csak lebegett ott; volt, aki ráfeküdt a tölcsér falára és hagyta, hogy szépen lassan felvigye a tetejébe. Én úgy éreztem, hogy nincs sok időm. Nem tétovázhatok. Bár szívesen belefeküdtem volna a tölcsérbe, de nem tettem. Elindultam felfelé. Mikor a végére értem, minden eltűnt. Se tölcsér, se lelkek, csak én egyedül. Tovább már nem tudtam haladni, mert valami megakadályozott benne. Mintha körbezártak volna egy szobában, csak éppen a falakat nem láttam sehol. Vártam, hogy mi fog történni. Egy kép jelent meg előttem: a legnagyobb vágyamat vetítette ki. Szép, daliás férfinak láttam magam, aki épp egy szép hölggyel szeretkezik egy ágyban. Hát persze. Ugyan mi más lenne egy még szűz férfi vágya? Néztem egy darabig, aztán rájöttem, hogy ennek semmi értelme, mert ebből én nem érzek semmit. A film eltűnt, és jött a következő. Amitől egész életemben a legjobban féltem: a kutyaharapás. Jött felém egy nyomott fejű, izmos, nyáladzó, barna színű kutya. Ugatott, és kapdosott a lábam felé. Nagyon megrémültem. De miután ebből sem éreztem semmit és rájöttem, hogy az egész csak egy illúzió, így ez a jelenet is semmivé vált.

*(Ez a léleknek az egyik legfontosabb állomása! Ugyanis ha valaki egész életében a „**Pokoltól**" félt a legjobban akkor **ITT** az fog megjelenni előtte. És ha nem jön rá időben, hogy hol is van valójában, akkor tényleg a pokolban érezheti magát egy jó darabig. Ez az **ILLÚZIÓ** világa.)*

Aztán megint megjelent egy szárnyas lény, aki arra kért, hogy tartsak vele. Együtt indultunk tovább, egy számomra ismeretlen világba. Félúton visszafordultam, és lenéztem a Földre. Hallottam gyönyörű muzsikákat, amik egészen az egekbe értek. Kérdeztem a kísérőmet, hogy „Ezeket a szép dallamokat ti is szoktátok hallani?"

– Nem mindegyik ér fel hozzánk, csak nagyon kevés. Nálunk állandó szép dallamok szólnak.

– És mik azok a fénysugarak, amik lentről felfelé világítanak? Úgy néz ki a Föld, mint egy sündisznó, ezekkel a sugarakkal.

– Azok anyai imádságok. Olyan anyáké, akik a gyermekeikért imádkoznak. Ezeket visszük az Úr lába elé.

Na, itt, ennél a kijelentésnél majdnem elröhögtem magam, amit természetesen ő is észrevett rajtam. Visszakérdeztem, hogy létezik-e Isten?

Mire ő:

– Kételkedsz benne?

Abban a pillanatban megálltunk, és így szólt:

– Akkor most indulj el felfelé, és meg ne állj addig, ameddig a ragyogást észre nem veszed!

Ekkor már kicsit dühösen nézett rám. Kicsit szégyellve magam elindultam felfelé, és kerestem azt a bizonyos ragyogást. Nem sokáig kellett keresgélnem. Mint a reflektor fénye, úgy vakított. Csak mentem és mentem a fény irányába. Ha lettek volna pupilláim, biztos kiégtek volna ettől a látványtól. Éreztem, hogy itt még nem szabad megállni. Behatoltam a fénybe. Érdekes módon a belsejében már nem volt ilyen ragyogás. Ellenkezőleg. Inkább félhomálynak nevezném. A közepében egy emberi alakot véltem felfedezni. Hozzám képest akkora volt, mint három tízemeletes épület összerakva. Áttetszőnek tűnt, és kék színben ragyogott. Nem fedte semmilyen szőrzet a testét. Nemi szervvel sem rendelkezett. Kezei, lábai széttárva, és mozdulatlanul lebegett a nagy semmiben. Csak álltam és néztem. Egymás után jöttek a szárnyas lények és mindegyik hozott valamit a kezében, amit aztán leraktak a lábai elé. Mindegyiknek más színe volt, és más formája. Mintha valami energiaburkok lettek volna. Csak repkedtek és folyamatosan hozták ezeket a valamiket, majd távoztak szó nélkül. Vettem a bátorságot és megszólítottam a lebegő lényt:

– Uram, itt vagyok! – és vártam, de semmi. Majd kicsit hangosabban szóltam hozzá, gondolván, lehet, hogy nem hallott meg.

– Uram, itt vagyok!

Na, több sem kellett. Hirtelen egy nagy fejet láttam csak magam előtt, ami engem bámult a kék szemeivel, de nem szólt.

– Miért nincs hajad? – kérdeztem.

– Ha lenne, és mondjuk jobbra lenne fésülve, és az neked nem tetszene, akkor tökéletesnek látnál? – kérdezett vissza. Ezen igencsak elgondolkodtam, és rájöttem, hogy igaza van. Utána már nem volt több kérdésem. Csak azon tűnődtem, hogyha már van szája is, akkor miért nem mozog, mikor beszél, és miért nem pislog? Mi értelme ennek a teljes mozdulatlanságnak? Egy darabig néztem, majd távoztam vissza a vezetőmhöz, majd feltettem a következő kérdésemet.

– Akkor a mennyország is létezik?

– Mire ő:

– Létezik. Indulj el ugyanabba az irányba, de most a fénysugár fölé kell menned, egészen addig, amíg egy hatalmas kapu elé nem érsz. Menj hát!

Ismét elindultam, és úgy tettem, ahogy mondta. Elértem egy hatalmas, aranyszínű kovácsolt kapu elé, amit kétoldalról hatalmas, mozdulatlan emberi lények őriztek. Nekik nem voltak szárnyaik. Ugyanúgy voltak felöltözve, mint a két harcos, akik fogadtak halálom után. Egészen hangya méretűnek éreztem magam előttük. A látványtól könnybe lábadt a szemem. Akárhogy próbálkoztam, hogy a kapu mögé lássak, nem sikerült. Csak a nagy sötétség jött keresztül a rácsokon. Az óriások nem mozdultak egy tapodtat sem, csak büszkén álltak lándzsával a kezükben. Megszólítottam őket:

– Esetleg benézhetnék egy pillanatra? De tényleg csak egy pillanatra. Nagyon kíváncsi lennék rá!

Nem jött válasz. Úgy álltak ott, mint két kőszobor. Semmijük meg sem mozdult. Sem egy pislogás vagy mozgó szemgolyó vagy sóhaj, semmi. Természetesen hozzájuk sem mertem érni. Mi lesz, ha eltaposnak? Még egyszer megpróbáltam felvenni velük a kapcsolatot.

– Nem nézhetnék be a kapu mögé? Aztán, ígérem, elmegyek. Megint semmi. Rájöttem, hogy itt nincs esélyem. Még csak válaszra sem méltatnak. Tettem egy hátraarcot és távoztam. Közben azon gondolkodtam, hogy ha már mennyország létezik – bár kicsit furcsa körülmények között –, akkor talán a pokol is. Visszaértem kicsit félve, de megkérdeztem, hogy „Akkor ugye van pokol is?" Már ettől a kérdéstől még a levegő is megállt, hát még a szárnyas lények. Mindenki és minden megállt, majd az összes lény felém fordult mérgesen. Húha!, gondoltam. Na, ezt lehet, hogy nem kellett volna? A segítőm így szólt:

– Akkor most indulj el lefelé, és meg ne állj addig, amíg teljes sötétség nem vesz körül. De nagyon vigyázz, ha leértél! Ne érj semmihez! Mert ha egy is kiszabadul, nem biztos, hogy meg tudunk téged menteni.

Na, akkor ijedtem meg csak igazán! Vajon mik vagy kik lehetnek odalent, hogy még a fényt is elzárták előlük?

– Indulj! – jött a parancs. Lefelé már nem voltam olyan gyors és bátor, mint felfelé. Csak szépen, lassan ereszkedtem, és közben bámultam felfelé, hogy a szárnyas lények vajon mozdulnak-e. De nem. Egyik sem. Csak szigorúan bámultak rám, és várták, hogy leérjek. Ami lassacskán, de megtörtént. Ott már olyan sötét volt, hogy még egy fénysugarat sem véltem felfedezni. Mintha szenesbányába járnék lámpa nélkül. És az érzés a félelmemen kívül még rosszabb volt. Gyűlöletet és megvetést éreztem, amit a lenti lények felém sugároztak. Lassacskán kirajzolódtak előttem az árnyak. Mindegyik be volt zárva egy láthatatlan burokba. Elég távol egymástól. Tehát kényelmesen, de óvatosan kellett közöttük közlekednem. Sárga, gyíkszerű szemük volt, de néha átváltott feketére, amelyek egyfolytában mozogtak és csillogtak, mert mindegyik lénynek volt saját fénye. Kevés, de volt. A bőrüket feketének vagy szürkének láttam, ami elég nyálkásnak nézett ki. Szarvakat viseltek, amik nem voltak túl nagyok. A fogaik, mint a piranha-nak. A testük nem mozdult.

24

Mintha láthatatlan kötelekkel le lettek volna kötözve. Fekete denevérszárnyakat viseltek a hátukon. Csak a mocskolódás és a félelemkeltés jött belőlük gondolat útján. „Mit keresel itt? Takarodj innen! Mindjárt széttéplek! Kitépem a beleidet!" És ehhez hasonlóan „kedves" szavakat invokáltak felém. Ebből kifolyólag arra a következtetésre jutottam, hogy nem rendelkeznek túl nagy intelligenciával. Nem lehet velük szóba elegyedni. Legfőképp a házi vérebekre emlékeztettek. Ha lett volna egy harci kutyám, és mondjuk azt a nevet adom neki, hogy Lucifer vagy Belzebub, igaz, hogy hallgat a nevére, de attól még nem lesz az, ami. Így hát nem láttam értelmét a maradásomnak. Lassan elindultam felfelé. Mikor már fény vett körbe, akkor vettem észre, hogy senki nem mozdult a szárnyasok közül. Még mindig mereszten bámultak rám és nézték, hogy épségben visszatértem-e. Látták rajtam, hogy egyben vagyok és nincsenek sérüléseim, így mindegyik elindult a maga dolgára. Csak a segítőm maradt egyhelyben várva, hogy mellé érkezzem. Odaértem hozzá, akkor így szólt:

– Emlékszel valamelyikre?

Kérdő arckifejezéssel néztem rá.

– Látom, nem. Pedig volt hozzájuk szerencséd. Nem is egyhez.

Na, akkor még a nemlétező szemöldökömet is felhúztam az értettlenségtől.

– Négyen vettek téged körbe. Hol az egyik, hol a másik vette át az uralmat a tested felett, de sosem voltál egyedül. Ha nem a testedben voltak, akkor csak melletted, és onnan sugározták feléd a negatív érzéseket és gondolatokat.

Ha lett volna a közelemben egy szék, akkor biztos leültem volna a meglepetéstől. Kezdtem megérteni, hogy mi is történt velem valójában életem folyamán. Minek volt köszönhető a sok emlékezetkiesés, és honnan eredt a sok düh és rosszindulat.

– Látom, kezded megérteni.

Egy darabig megszólalni sem tudtam. Majd kérdezni kezdtem:

– Akkor valójában azt a sok rosszat nem is én követtem el?

– Nem teljesen. Te voltál, csak nem voltál tudatában a tetteidnek. Mondhatnám azt is, hogy felhasználták a tested, és

25

saját kényeik szerint irányítottak. Olyan képeket vetítettek az elmédbe, amilyet látni akartál, csak azért, hogy irányítani lehessen téged. Bármit képesek egy emberrel elhitetni, ha kell.

– Ha ennyire gonoszok, hogyhogy nem öltek meg engem a saját kezeikkel?

– Nem ez volt a feladatuk, nem ezt a parancsot kapták. Amint észrevettük volna, hogy egyik is ellened fordul, abban pillanatban repült is volna vissza a zárkájába.

– Szóval akkor azért nem teljesen csinálhatnak azt, amit akarnak?

– Nem. Te kérted még születésed előtt, hogy meg akarod tudni, milyen érzés megszállóval élni.

Mindjárt felmerült bennem a kérdés, hogyan lehettem ekkora ökör.

– Te kérted!

Megfogadtam gyorsan abban a pillanatban, hogy ilyet többet biztos nem kérek, ha megkérdezik.

– Szóval akkor ők csak ezért vannak odalent bezárva, hogy ha jön egy ilyen marha, mint én, hasonló kéréssel, akkor kiengeditek és teszik a dolgukat?

– Igen is, meg nem is. Van, hogy kérés nélkül is ki kell engednünk egyet-kettőt. Titeket, embereket muszáj valakinek irányítani, ha magatoktól nem tudjátok, hogy merre tovább. Általában ha valami rossznak kell megtörténnie az élet folyamán, azt a feladatot sosem mi végezzük. Nem szennyezzük be magunkat.

– Értem. Gondolom, mindegyiknek van neve. Ti adjátok nekik, vagy...?

– Mi adunk nekik nevet, és mi döntjük el, hogy melyiknek mennyi ereje legyen egy bizonyos feladathoz.

– Tehát akkor ti vagytok az alkotók?

– Igen. De most kérlek, menjünk tovább! Már így is sokat mondtam. A további út folyamán jobbnak láttam, ha már nem kérdezek semmit, mert szegény kísérőmet még tényleg valami bajba sodrom akaratomon kívül. Elérkeztünk valami átjáróhoz, és ott egy időre megszakadt a kép. Már csak akkor tértem magamhoz, mikor onnan kikerültem.

*(Itt kerül sor a **Szabad Akarat** fogalmának törlésére egy kis időre a lélekben, és az **előző életek** törlésére, már akinél ez zökkenőmentesen sikerül.)*

A kísérőm ölében találtam magam, és már arra sem emlékeztem, hogy honnét jöttem és hová tartok, vagy hogy fiú vagyok-e vagy lány. Mintha csak egy rendes agymosáson estem volna át. Már nem kérdeztem semmit, csak bámultam a nagy semmibe. (Zombi-hatás.) Arra lettem figyelmes, hogy akinek az ölében vagyok, potyognak a könnyei. Akkor még nem értettem, hogy mitől van neki ekkora lelki fájdalma, holott az én tudatomat mosták át, és nem az övét. Haladtunk egyre tovább a mindenségbe. Elértünk egy bolygóhoz vagy másik dimenzióba, ahol letett a fűre. Ott már várt rám egy másik segítő. Csak álltam, és néztem lefelé a lábaimra. Éreztem a talpam alatt a selymes füvet, ahogy csiklandoz. Ránéztem kétségbeesve az újdonsült társamra, majd így szóltam:

– Azt hiszem, elfelejtettem járni. Nem tudom, hogyan kell.

– Gyere, megmutatom.

Majd megfogta a kezem és elkezdett vezetni.

– Nézd az én lábaimat. Látod? Tedd egyiket a másik után.

Pontosan úgy éreztem magam, mint egy kisgyerek, aki most tanul meg járni. Mikor már elég biztonságosan járkáltam, elengedte a kezem.

– Na, látod! Most már megy ez egyedül is.

Visszafordultam az előző szárnyas lényhez, aki elhozott idáig. Átöleltem, majd elköszöntünk egymástól. Éreztem, hogy egy jó darabig ez a dimenzió lesz az otthonom.

ÚJJÁSZÜLETÉS

Ebben a számomra újszerű világban hatalmas fényáradat vett körbe mindent. Messzire nem is nagyon láttam, csak azt, ami éppen előttem volt. Mintha erősen takargatni szeretnének valamit vagy valakit. Nem nagyon foglalkoztam vele, hogy miért is nem látok túl messzire, inkább azon tűnődtem, hogy vajon mi jöhet még ezután. Az új társam megkért, hogy tartsak vele. Útközben fel-felvillant egy-két kisebb-nagyobb épület. Láttam több lelket is sétálgatni. Volt, aki egyedül, és volt, aki kísérettel ment. Voltak köztük számomra ismerős lelkek, és voltak, akik teljesen idegenek voltak. Viszont belefutottunk egy számomra nagyon kedves régi lélekbe, és annyira megörültünk egymásnak, hogy a nyakába akartam ugrani. Ő is kísérettel volt, és én is. Már épp megöleltük egymást és talán egy szerelmes csókkal is szerettük volna egymást üdvözölni, de abban a pillanatban szétszedtek minket. Majd így szólt a kísérőm haragosan:

– Ez itt nem szokás! Jobb, ha elfelejted!

Na, akkor lepődtem csak meg igazán. Te jó ég! Hová kerültem? Itt vigyázni kell, hogy mit tesz az ember, vagy mit mond. Lehet, hogy még valami büntetés is jár, ha nem azt teszed, amit ezek akarnak vagy mondanak. A legjobban az zavart az egész ottlétemben, hogy nem volt ellenállóképességem. Megszűnt létezni. Mindenre csak bólogattam, mint jó gyerek az iskolában. Mint akinek elvették az összes erejét. Az őrzőm bólintott, hogy induljak tovább. Bevezetett egy hatalmas márványépületbe. Oszlopok voltak kint is és bent is. Az előcsarnokban egy hatalmas bordó szőnyeg volt leterítve. Az oszlopok mögött rengeteg ajtó. Mi a szemköztibe mentünk. Az ajtó mögött egy nagy, kerek asztal várt. Körülötte mindenféle nagyobb rangú lélek, díszesen felöltözve. Volt, aki világoskék köpenyt viselt arany szegéllyel, s volt, aki fehéret. Nagyrészt férfiak vették körbe az asztalt. Talán egy nő is volt köztük, mint írnok. Úgy éreztem magam, mintha bíróságon lennénk. Az egyik bíró így szólt hozzám:

– Most azért vagy itt, hogy végignézd a filmet a mostani életedről.

Majd bólintott a társának. A vetítés elindult. Néztem egy darabig, de mikor a véres jelenetekhez értünk, teljesen kiborultam. Semmi mást nem láttam, csak mindenütt vért. Talapzattól a mennyezetig. Akkor felkiáltottam, hogy „hagyjátok abba, mert nem bírom tovább nézni". Ezzel a lendülettel el is fordultam, hogy ne kelljen látnom. Addigra már teljesen elfeledtem – vagyis kitörölték a tudatomból –, hogy milyen életet éltem. Mintha egy teljesen számomra idegen filmet kellett volna végignéznem. Nehéz volt elhinnem, hogy mindezt én csináltam. Abbahagyták a vetítést, majd így szólt hozzám az egyik:

– Mondd! Ezek után milyen életet szánsz magadnak?

Kérdőn nézve rá így válaszoltam:

– Miért? Újjá kell születnem megint?

– Igen.

– De én nem akarok! Elegem volt!

– Pedig muszáj lesz. De ígérem, hogy többet nem kell. Ez lesz az utolsó.

Valahogy úgy éreztem, hogy én ezt már egyszer hallottam. Akkor sem hittem el, és most sem, de tisztában voltam vele, hogy úgyis az lesz, amit ők akarnak. (Nincs szabad akarat.) El kellett gondolkodnom azon, hogy akkor most hogyan tovább. Ha meg kell, hát meg kell. Majd ezt válaszoltam:

– Legyen a gyerekkorom nagyon nehéz. Ezzel vezekelve a tetteimért, és ha lehet, utána boldog életet szeretnék élni. Legyen családom is.

Bólintottak, majd így szólt az egyik:

– Akkor legyen nehéz gyermekkorod. Olyan nehéz lesz, hogy reméljük, túléled. Lesznek testvéreid, akik valamelyest könnyítenek a terheden. Később férjhez mész. Szülsz egy kislányt. Itt nagy boldogan kérdeztem vissza:

– Szülni is fogok? De jó!

– Majd elváltok a férjeddel.

– Ki lesz a férjem? Ismerem?

– Igen. Nagyon régen ismertétek egymást, de a körülmények miatt nem vehetett téged feleségül akkor, de most téged választott. Nagyon örültem neki. (Kár volt.) – A kislányodat egy jó ideig nem fogod látni.

Akkor egy filmjelenet ugrott a fejembe, és láttam magam előtt a jövőmet. Sokáig látom a lányom, majd egyre ritkábban és ritkábban. Másik férfi jelenik meg az életemben, akihez hozzámegyek feleségül. Megkérdezem, hogy őt is ismerni fogom-e.

– Őt nem ismered, csak a mostani életében téged választott.

Egy kicsit furcsálltam a dolgot. Nem ismer, és mégis engem választ? Később csak sötétséget láttam; ha a lányomat kerestem, csak a hangját hallottam valamin keresztül, és még később már a hangját sem. A vetítés folytatódott a fejemben. Láttam magam előtt egy emeletes házat.

– A harmadik férjeddel itt fogtok élni. Neki majd nem lehet gyereke.

– Miért nem?

– Mert nem lesz rá alkalmas.

Nem értettem akkor még, hogyhogy nem lehet rá valaki alkalmas.

– Nem lesz, és kész!

– Ő is engem választott?

– Nem. Te választottad egyik életedben.

Eszembe jutott, hogy volt egy második férjem is.

– A másodiktól is elválok?

– Igen.

Könnyezni kezdtek a szemeim, hogy engem mindenki elhagy, vagy én hagyom el őket. De a film még mindig folytatódik. Megjelent a lányom is egy kis időre, de itt már felnőttként látom viszont, majd ismét eltűnt hosszabb időre. Később egyedül és magányosan látom magam a ház előtt, és boldogtalanul. Majd megjelenik két fiúgyermek mellettem, és boldog vagyok. A hátam mögött a ház már nem ugyanaz, inkább egy kertes házhoz tudnám hasonlítani. Aztán jön egy temetős jelenet, ahol egy férfi fekszik a nyitott koporsóban, mert az orvosok már nem tudtak rajta segíteni, és azt mondom a két fiúgyermeknek, akik úgy 6-8 évesek lehetnek, hogy „apátok jól itt hagyott minket". Az az érzésem támad, hogy nem maradt egy fillérünk sem, és nincs munkahelyem sem. Kétségbeesetten kérdezem a bíráimtól, hogy miből fogom a gyermekeket felnevelni? Nem kapok választ. Összedugják a fejüket és beszélgetnek egymással. Majd megszólal az egyik.

– Nyersz majd a lottón.

– Mi az a lottó?

– Ez egy pénzes játék, ahová az emberek bizonyos összegeket befizetnek, és valaki ezt az összeget egyben megnyeri.

Agymosottan elhittem, amit mondtak, és ujjongva mondogattam, hogy „nyerek a lottón". Később a lányom is megjelenik, és így élem le a hátralévő életemet. Eszembe jut, hogy megkérdezzem a halálomat.

– Hogyan fogok meghalni?

Ismét jön a film. Egy rácsos kerítés mellett haladok el, ami a jobb oldalamon van. Mögötte építkezés lehet, bár embereket nem látok. Úgy 60-65 éves lehetek. Érzem, hogy valaki követ, de különösebben nem foglalkozom vele. Majd hallok egy durranást, és szíven talál hátulról a lövedék. Fájdalmak közepette és annak értelmét keresve, hogy vajon miért és ki tehette, zuhanok a földre, de a választ a kérdéseimre már nem kapom meg. Miután az ítélet megszületett, elhagytuk az épületet, majd elvitt az őrzőm egy másik épületbe. Itt nem voltak oszlopok, és a ház sem tűnt túl nagynak. Bementünk az ajtón. Abban a pillanatban valaki hátulról elkapta a grabancomat és rántott rajtam egy hatalmasat. Ahhoz tudnám hasonlítani az érzést, mint amikor valakiről elevenen lerántják a bőrét tetőtől talpig. Feljajdultam a fájdalomtól, majd megfordultam. Egy másik szárnyas lény tartotta a kezében a zubbonyomat. Igencsak meglepődtem. Így szólt.

– Látod? Ez volt rajtad.

Majd fogta magát és elindult egyenesen a szemközti fal irányába, ahol egy hosszú állvány helyezkedett el, és rajta különböző színű és méretű ruhák lógtak fogasokról.

– Ez mind a tiéd volt eddig – majd felakasztotta a többi mellé, amit az imént szedett le rólam.

– Ilyen sokat éltem már eddig? – kérdeztem csodálkozva.

– Igen.

– Mire jók ezek a ruhák?

– Bennük rejlik minden, ami veled kapcsolatos volt. Mondjuk a magasságod, a hajad színe, a szemed színe, a betegségeid, a tulajdonságaid, úgymint, hogy nő legyél vagy férfi, vagy jólelkű vagy gonosz. Egyszóval minden, ami eddig téged jellemzett. (Ezt most úgy fordítanám le, hogy emberi DNS-minta.) Olyan kíváncsi lettem volna, hogy akkor most valójában hogyan is nézhetek ki, de sehol sem láttam egy tükröt sem a falon. Fiú vagyok vagy esetleg lány; magas vagyok vagy nem vagy; van hajam vagy nincs; és ha van is, hosszú, rövid? Sajnos nem tudtam meg.

– Gyere! Megmutatom, hogy ezeket hol készítik – mondta az őrzőm. Átvezetett egy másik épületbe. Ez most inkább egy kisebb gyárra emlékeztetett. Az egyik teremben egy lélek ült a szövőszéknél és rendezgette a fonalakat. A fonalak a nyitott tetőn keresztül ereszkedtek a szövőgépbe. Szinte észrevehetetlen fonalszálak voltak. Csak akkor lehetett látni, ha megcsillant rajta a fény. Így szólt a társam:

– Ha majd te is eléred a tökéletességet és már nem kell többet megszületned, akkor te is dolgozhatsz itt, ha akarsz. Erre inkább nem mondtam semmit.

– Látod, milyen különleges anyagból készül? Mutatok neked egy most készült köpenyt. Ha megfordítod, látod a színét, de ha átfordítod, nem látod. Áttetsző lesz. Ezt kapják az újdonsült lelkek születésük előtt.

– Miért kell, hogy láthatatlan legyen egy lélek?

– Nekünk is vannak ellenségeink, és nem akarjuk, hogy felfedezzék őket, mert könnyen prédává válhatnak még születésük előtt.

– Értem.

– Na, gyere! Most megtervezzük, hogyan fogsz kinézni. Lássuk, milyen szemeket szeretnél magadnak? Barna, zöld, kék?

– Mondjuk kék.

– Akkor most beteszünk neked egy kéket. Lássuk, mit szólnak hozzá a barátaink.

Betett a szemem helyére két kék valamilyen golyót és hívott egy-két lelket és szárnyas lényt. Ők jöttek egymás után, és sorra nézték a szemeimet. Nem kellett túl közel jönniük, körülbelül 3 méter távolságból sikítva menekültek.

Látják a rémségeket a múltamból, gondoltam.

– Akkor legyen zöld – mondtam.

Ehhez már elég közel kellett jönniük, hogy sikítva távozzanak ismét. Talán az orromig elég volt.

– Akkor esetleg zöldesbarna?

A csere ismét megtörtént, és kezdődött megint a körmenet. Ez már bevált. Semmit nem tudtak kiolvasni a szemeimből, így ennél maradtam.

– Hány centiméter szeretnél lenni?

– Mondjuk 175 cm. Akkor lehetnék modell is.

– Szó sem lehet róla. Akkor leszel 165 cm. A hajad színe pedig szőkésbarna. Megfelel?

– Jó lesz.

Nem mintha lenne beleszólásom, gondoltam magamban.

– A nagyja már megvan. Most kiválasztjuk neked a családodat. Mutatok három családot. Válassz, hogy melyiket szeretnéd.

Az első családban egyedül lettem volna, minden segítség nélkül. A másodikban már hárman voltunk testvérek. A harmadikban már vagy hatan lettünk volna, így maradtam a másodiknál. Az talán megfelel egy erős középútnak.

– Melyik nevet szeretnéd? Andrea vagy Klotild, vagy Mónika? Azt még elárulom, ha „ka"-val végződőt választasz, akkor kizárólag azt fogod mindig tenni, amit az Úr akar, és nem azt, amit te akarsz. Ezzel is megkönnyítheted a feladatodat.

Én kis naiv, az utóbbit választottam.

– Mondd, szeretnél megszállót, hogy tudd, milyen érzés?

– Nem. – Már ösztönből éreztem, hogy nemet kell mondanom.

– Most gyere velem! Mutatok neked egy-két dolgot.

Elvitt egy érdekes kúthoz. Abban nem víz volt, ha nem inkább úgy mondanám, hogy egy távcső, ami a földi életet mutatta.

– Ha ebbe belenézel, akkor láthatod, hogy a szüleid hol tartanak. Megismerkedtek-e egymással, vagy megszülettek-e a testvéreid stb. Innen fogod látni, hogy mikor jött el a te időd. De nagyon vigyázz! Túl sokáig sose nézz bele, mert magával ragadhat az idő múlása.

Ezt nem nagyon értettem, de úgy gondoltam, jobb, ha megfogadom a tanácsát. Lenéztem hát egy pillanatra, és láttam, hogy háború dúl a földön. Majd megkérdeztem, hogy én is leszek-e háborúban.

– Nem. Te egyikben sem leszel ott. Már voltál háborúban.

– És lesz apokalipszis is?

Látszott rajta, hogy erre a kérdésre nem számított. Habozva, de válaszolt.

– Lesz, de azt te már nem éled meg.

– A lányom?

– Nem.

– Az unokáim?

– Ők már igen. Most megmutatom neked, hogy hova fogsz megszületni, milyen lakásban fogtok élni, és mindent, amit tudnod kell. Ezt a dimenziót vagy teret úgy kell elképzelni, mint ha kinyitnál egy könyvet és nem betűket látsz, hanem magát a történetet. Csak nézed, de nem tudsz beleszólni vagy változtatni rajta. Csak állsz, és nézed. Te látsz mindent, de ők nem látnak téged.

Ebben a térben láttam meg az első saját otthonunkat az első férjemmel.

– Itt fogtok lakni, ha minden jól megy. Ez lesz a munkahelyed. Ők lesznek a kollégáid. Majd ezt itt hagyod.

– Miért? Innen megyek nyugdíjba?

– Nyugdíjba? – nevette el magát. – Attól még nagyon messze leszel.

Aztán jöttek a következő képsorok, én meg nem győztem bámészkodni és kérdéseket feltenni. Elég sok időt eltölthettünk ott, mert mire végeztünk, már a szüleim megismerték egymást. Izgatottan vártam, hogy a testvéreim is megszülessenek. Gondoltam, addig járok egyet, és ha nem is nagyon, de valamennyire felfedezem a környéket és talán még egy tükörbe is belefutok valahol. Járkáltam az utcákon, tereken. Láttam fákat, kerteket. Mindenféle növényeket – olyanokat, amit a Földön még sosem. Hallottam a csodaszép dallamot, amiről az útitársam mesélt. De mindeközben még mindig zavart, hogy nem vagyok önmagam. Nem volt szükségem ételre, italra, nem éreztem a szellő fuvallatát. Nem láttam felhőt vagy napot, sem madarakat vagy bármiféle állatot. Szóval elég bizarrnak tűnt számomra ez a lét, és természetesen tükröt sem találtam sehol. Mikor eljött az én időm, egy lugasba kísért a segítőm. Ott sorba kellett állnom, mert nem voltam egyedül. Több lélek is várta, hogy töröljék az emléküket, mielőtt útra kelnének. Ezt a memóriatörlést csak egy lélek végezte. Azért még mielőtt beálltam volna a sorba, elköszönt tőlem a szárnyas őrzőm, és így szólt:

– Most kell útra kelned, de ne félj, mert találkozunk még odalent. Igaz, már nem fogsz engem ilyen jól látni, de tudni fogod, hogy ott vagyok veled.

Ezután beálltam én is a sorba. Mikor a végére értem és vártam, hogy nekem is töröljék az emlékeimet és rám adják a külön nekem szőtt köpenyemet, meglepetésemre így szólt a férfi:

– Neked nem törlöm az emlékezetedet. Ha törölném, nem tennéd meg azt, amit majd meg kell tenned. Neked emlékezned kell!

Ezzel utamra engedett.

NEHÉZ GYERMEKKOR

Elhagytam a lugast, és útra keltem a lélektársaimmal. *Mindegyikünk felnőtt lélek volt, tehát senki sem nézett úgy ki, mint egy csecsemő. Néha az emberek tévhitben élnek. Attól, hogy született egy gyermekük, a lélek nem fog visszafejlődni egy gyermek szintjére. Ezzel csak azt akarom mondani, hogy úgy kell őket nézni, még ha nehéz is, hogy a test maga apró, de a benne rejlő lélek egy kifejlett, értelmes lény. Tehát ha elkezdünk gügyögve beszélni hozzá, maximum csak hibbantnak nézi a gügyögőt, mert azt hiszi, nem tud normálisan beszélni, és még ki is neveti, ráadásul ő semmit nem fog megérteni az egészből. Mikor a lélek éjszakánként elhagyja a testét – mert elhagyja egy bizonyos része, amit úgy hívnak, hogy asztráltest, azért, hogy tanuljon vagy felfedezze a körülötte lévő világot –, olyankor mindig a szellemnyelvű ABC-t használja. Ezt használják a köztes világban is. Szóval nem egyszerű ezek után az emberi nyelveket felfogni és megérteni. Igaz, hogy legtöbben agymosáson estek át, de nem azért, hogy elfelejtsék, milyen érzés intelligensnek lenni, hanem azért, hogy ne emlékezzenek az előző életeikre. Nagy különbség, nemde bár? A későbbiek folyamán meg kell tanulnia használni a fizikai testét, ami nem könnyű feladat. Pláne, ha mondjuk 100 évet élt a köztes világban, mint energialény, fizikai test nélkül. Az étellel és az itallal is ugyanez a helyzet, mert nem evett és nem ivott és fogalma sincs, hogy a Földön minek milyen íze van, hacsak nem emlékezik az előző életére.*

Útközben bámultam a csillagokat, hogy milyen sokan vannak, majd egyszer csak megszólaltam hangosan:

– De jó! Már 2000 éve várunk erre az eseményre! (Itt az öt bolygó együttállására gondoltam.)

A többi lélek visszanézett rám bután. Fogalmuk sem volt, hogy miről beszélek, így a további úton inkább csöndben maradtam. Itt már kezdtem kapiskálni, hogy az agymosás nem jól sikerült, mert a régi tudásom újra kezdett fel-felbukkanni. Elérkeztem ahhoz a nőhöz, aki a későbbiekben az anyám lett. Beszálltam hát még a fejletlen testembe, és egy darabig ottmaradtam. Megpróbáltam odabent, a sötétségben érzékelni a külvilágot. Inkább ne tettem volna! Lebegtem a nagy sötétben, mikor arra lettem figyelmes, hogy valami belülről elkezd marni tetőtől talpig, majd megszűntem létezni. Kis idő elteltével ismét magamhoz tértem. Próbáltam összeszedni magam. Mikor már egy kicsit jobban lettem, ismét jött az az érzés, de most még nagyobb fájdalmat okozott, mint ezelőtt. Iszonyatosan mart megint tetőtől talpig. Aztán megint sötétség, és megszűntem létezni. (Elhajtó injekció hatása.) Mikor újra feleszméltem, úgy éreztem, hogy most több idő telt el, mint előtte. Csak reménykedtem, hogy ezt többet nem kell átélnem. De abban biztos voltam, hogy ezt a testet mihamarabb el kell hagynom, tehát az első adandó alkalommal meg kell születnem. Természetesen nem voltam folyamatosan már utána abban a csöpp testben. Ha tehettem, kimentem körbenézni. Leginkább a csillagok között éreztem jól magam. Eljött végre a nagy nap. 1976-ot írtunk. Megszülettem nyolc hónapra. Nem kilencre, mint a többi gyerek. Majd napokon keresztül egyedül voltam az inkubátorban. Senki nem jött meglátogatni. Csak néha anyám haladt el a kórterem ablaka előtt sírva, mert senki nem világosította fel, hogy élek. Egészen addig, amíg a takarítőnő nem beszélt vele. Akkor nagyon boldog lett, és berohant hozzám. Én meg azt gondoltam: „Na végre. Rájött, hogy élek". Közben néha beszélgettem a szárnyas segítőmmel. Majd egy napon azt mondta nekem:

– Most magadra kell, hogy hagyjalak, különben soha nem fogod megérteni a szüleid nyelvét. De majd később még fogunk találkozni, és érzékelni is fogsz, és ha elég ügyes leszel, még láthatsz is – majd eltűnt a szemem elől. Teltek-múltak a napok, hetek, mikor végre hazakerültem. Emlékszem, hogy apámnak örültem akkor a legjobban. Na meg a két testvéremnek. Nagyon tudtak nekem örülni, bár a kilóimnak annyira nem, mert nagyon úgy tűnt, hogy nem igazán tudnak még felemelni. Egyik nap, mikor még pólyában voltam, alig kaptam levegőt. Hol elájultam, hol ébren voltam. Láttam, hogy apám a szoba körül

téblából. Gondoltam, szólok neki, mert szomjas voltam és levegőt is alig kaptam. Halkan szólítgatni kezdtem:
– Apa. Apa!
És meghallotta! Berohant és fölém hajolt.
– Apa.
Mire ő:
– Anya, gyere gyorsan! A lányunk azt mondogatja, hogy „apa"!
Erre jött kintről a válasz. – Te hülye vagy! Még beszélni sem tud. Abban a pillanatban ismét elájultam, majd többet nem voltam hajlandó megszólalni. Egyrészt azért, mert jóformán csak anyámmal voltam otthon, és tisztában voltam már akkor azzal a ténnyel, hogy nem tartozom a kedvencei közé, másrészt azért is, mert tudtam róla, hogy nem rendelkezik túl nagy intelligenciával, és ráadásul lehülyézte apámat. Közben kezdtem cseperedni a sok banánízű gyermektápszer mellett. Budaörsön, az albérletben, ahol laktunk, megkaptam az első pofont a főbérlő lányától. Azért, mert felmásztam a frissen vetett ágyára. Próbáltam beszállni a pingpongba pelenkával a fenekemen, és mindenkinek csak a térdéig értem. Vittek bölcsődébe is, ahol mindennap a dadusok ölében találtak a szüleim, mikor értem jöttek. Majd jött az egyik költözés a másik után. Előbb panellakásban éltünk Kispesten, ahol már külön szobánk volt a bátyáimmal. Külön WC és fürdőszoba. Egy olyan albérlet után, ahol kint volt a piszoár, ez nagy szám volt. A játszótéren néha elvesztem a bátyáim szeme elől, mert éppen fontos dolgom akadt. Mondjuk babakocsit lopni gyerekkel együtt csak azért, hogy tolhassam a babakocsit. Vagy beestem a homokozóba, amiből ki sem látszódtam, ők meg órákig kerestek. Vagy néha jobbnak láttam vécépapír helyett a falon lévő tapétát használni törlőnek. Közben elhalálozott az apai dédnagymamám, akinek álandóan a botjait lopdostam az öregek otthonában, mert kettő is volt belőle. Nem sokáig incselkedhettem vele. Pár hónap múlva már a temetésén találtam magam. Megkérdeztem, hogy miért sír mindenki. A mama próbálta elmagyarázni, de nem értettem, hogy ezért miért kell sírni, hiszen már jó helyen van. Majd jött a következő költözés a XI. kerületbe, polgári lakásba, ahol 380 cm volt a belmagasság. Volt

két nagyszoba, plusz cselédszoba. Hatalmas előszobával, amiből simán két szobát is ki lehetett volna alakítani. Nekünk, gyerekeknek jó volt, mert lehetett ott focizni, ami eredendően tilos volt. Vagy lábbal hajtós dodgemmel autókázni, ami úgyszintén tilos volt, amikor a szülők otthon voltak. Egyébként nem. Bár jóformán sosem voltak otthon. Ha tehették, magunkra hagytak minket. Én 2 évesen, a bátyáim 7 és 8 évesen maradtunk hárman egyedül a 71 négyzetméteres, gázkonvektoros lakásban. Maga a ház számomra félelmetes volt. Igen aprónak éreztem magam benne. Napfény sem jutott be a szobákba. Egyedül csak a konyha felőli részen, de oda is csak a délelőtti órákban. A szobák ablakai a szemközti házra néztek, ami úgy 10 méterre lehetett. A külső falakon borostyán futott végig, egészen addig, amíg anyám egyszer véletlenül ki nem vágta a gyökerét. Az ablakunk alatt volt egy közös kerthelyiség. Nem csak a miénk volt, hanem az egész házé, vad macskák tanyáztak benne és teli volt ablakokból kidobált szeméttel, egészen addig, amíg anyám meg nem unta, és kitakarítottuk közösen. Ezután veteményesként kezdte használni. Mikor már értek a paprikák és a paradicsomok, a kulcs hirtelen eltűnt, ami a kertajtót nyitotta. Vagyis azt mondta a házmester, hogy nem találja. Így többet nem tudtunk oda kimenni kulccsal. Rájöttünk arra, hogy a szemközti házból meg tudjuk közelíteni a kerítésen át. Anyám elhívta a bátyját, és leszedte éjszaka a zöldségeket. Többet nem mentünk arra a részre, és nem ültettünk semmit. Éjszaka meg még félelmetesebbek voltak a szobák. Mindig próbáltam gyorsan elaludni és elhagyni a testemet, hogy ne legyek az ijesztő lakásban. Éreztem, hogy van ott valaki vagy valami, aki minket figyel, és nincs jó szándékkal irántunk. Sosem mertem kidugni a lábamat a takaró alól vagy lenézni az ágy alá, hogy esetleg nem onnan figyel-e. Ismét a csillagok közt jártam.

Így történt meg az az eset is, mikor csak bámészkodtam odafönt és arra lettem figyelmes, hogy egy hozzám hasonló lélek fehér köpenyben valami tárgyat akar arrébb tuszkolni. Odamentem hát hozzá és megkérdeztem, hogy mit csinál. Azt mondta, hogy ezt a műholdat próbálja odébb rakni, mert lakott területre fog zuhanni. Ha egy kicsit sikerülne megmozdítani, akkor lehet, hogy talán az óceánba zuhan. Természetesen segítettem neki, de egy tapodtat sem mozdult. Kérdezte, hogy most mitévők legyünk. Tőlünk nem messze felfedeztem egy minket figyelő áttetsző űrhajót. Gondoltam, mit veszíthetünk? Maximum nem segítenek. Odafordultam, és nem tolakodóan, csak szép szavakkal, gondolati úton megkértem őket, hogy csak egy lökést kérünk, ha lehet, és természetesen csak akkor, ha ezzel nem sodorjuk őket bajba. Egy kis idő elteltével jött egy válasz gondolati síkon.

– Menjetek kicsit odébb!

Amint kellő távolságba kerültünk a műholdtól, már lőttek is egyet. A fénycsóva eltalálta a szerkezetet, ami olyan lökést adott, hogy reménykedtünk, talán jó lesz. Visszafordultam a hajó felé és megköszöntem a segítséget. (Kozmosz–954. 1978. január 6-án technikai hiba lépett fel (valószínűleg űrhulladékkal ütközött!), 1978. január 24-én 127 napos szolgálati idő után belépett a légkőrbe és megsemmisült.)

Ennek ellenére még mindig pelenkát hordtam, és ha olykor becsusszant egy kis cucc, akkor csak apámnak engedtem, hogy felvegyen az ölébe. Ő volt az egyetlen, aki nem mondta, hogy „pfúj". Nem tudom, minek köszönhetően, de apámból egy vadállat lett, bár sejtem az okát így utólag. Amit én éreztem abban a térben, gondolom, sokat rásegített az indulatokra. Anyám nem volt józan életű sosem, így apám a bátyáimon kezdte levezetni a dühét. Egyesével bevitte őket a kisszobába, hogy én ne lássam, és nem kímélve, akár szíjjal, akár lábbal vagy fakanállal, kíméletlenül verte őket. Volt, hogy véres orral jöttek ki. Én meg csak álltam a magas ajtó előtt és hallgattam a püfölést, közben zokogtam, mert nagyon szerettem őket és nem értettem, hogy miért teszi mindezt velük. Néha kijött és megkérdezte, hogy én miért sírok, hiszen engem nem is bántott. Így válaszoltam.

– Azért, mert ütöd a bátyáimat! Hagyd abba! Ne csináld!

Olykor hatott rá a szép szó, de néha nem. Anyám, ha otthon volt is, inkább kivonult a vécére csak hogy ne lásson semmit. Néha, mikor anyám kivitt magával a piacra, megkérdezte, hogy milyen gyümölcsöt kérek. Mindig a banánt választottam, pedig tudta, hogy ki nem állhatom. Semmi másra nem gondoltam, csak a testvéreimre. Esetenként a szomszéd néni sütött valami süteményt és hozott át belőle nekem. Olyankor megkérdeztem mindig, hogy „a bátyáimnak nem hoztál?". Később már megtanulta, hogy nekik is hoznia kell, különben nem fogadok el semmit. Az epren sem vesztünk össze sosem. Mindhárman vettünk egy-egy kanalat magunkhoz és valaki elkezdte a kört úgy, hogy a gyümölcs egy tálban volt összedarabolva és megcukrozva. Természetesen ha nem úgy jött ki a végén, hogy nekem is jusson, akkor időben letettem a kanalat. Mindennek ellenére azért próbáltunk normális családi életet élni, vagy legalábbis annak mutatni mások felé. Voltak családi barátok, akik eljöttek ünnepelni egy-egy születésnapot, névnapot, vagy mi mentünk hozzájuk. Természetesen az alkohol olyankor mindig előkerült. Ha rokonoknál voltunk, olykor – vagy mindig – balhékba keveredtek a szülők. Ordibálás, berendezés rongálása valahogy mindig volt. Anyám nővérére néha rájött az epilepsziás roham, amivel sikeresen sikerült leállítania a balhékat. Budaörsön, az anyai nagyszülőknél, akik sváb származásúak voltak, is volt italozás rendesen, mert hát a nagymama sem vetette meg a Hubertust vagy a kevertet. Olyankor repültek az anyai pofonok a felnőtt gyermekei felé. 2 lánya volt és 2 fia. Aztán meg a sírás-rívás következett. Talán egyedül a papa volt az, aki nem ivott és nem dohányzott. De mindig állt a dohányfüst a szobában. Az unokákon kívül, akik velünk együtt heten voltak, mindenki dohányzott. Persze a papa az asztmájával nem győzött levegő után kapkodni és káromkodni. Az ő kis lakásuk, ami téglaépítésű volt, két szobából, egy előszobából, konyhából és fürdőszobából állt. Olajkályhával fűtöttek télen. A kisszobában sparhelt volt a fűtőeszköz. Ezen lehetett akár főzni vagy sütni is. De a mama inkább a konyhában a tűzhelyet használta, ami gázpalackkal működött. Mosogató nem volt, csak fali kút, és mindennek a tetejében a mama már fiatal korában megvakult, de nem teljesen. 95% vakságot állapítottak meg nála. Néha csodálkoztam, hogyan tudja így ellátni a feladatát. Süteményeket is sütött. Néha rétest, úgy, hogy ő nyújtotta hozzá a tésztát, vagy krumplilángost, pogácsákat, mikor mi jutott az eszébe. Volt az udvar sarkában egy aprócska kis kert külön a papáéknak. Abban egy pad tetővel. A közepén szilvafával. A kerítés tövében körbe zöldségekkel volt ültetve. Ezt is a mama látta el. Néha a nagyobbik fia is besegített. Az udvarban mindenkinek volt sufnija, így nekik is. Ott tartották a tűzifát. Bár volt, hogy egy-két néma kacsa is befigyelt. A szomszédok sosem tudtak róla. Ez az épület, amiben laktak, földszinti parasztház volt más szomszédokkal együtt. Volt, akinek az udvar felől volt a ház bejárata, és volt, akinek egy külön folyosón, mint ahogy nekik is innen nyílt az ajtójuk. A folyosón néha fecskék fészkeltek, egészen addig, amíg valaki meg nem csináltatta a folyosó ajtajának az ablakait. A szomszéd idősebb nénik, ha tehették, németül beszélgettek egymással, hogy még véletlenül se értse senki őket, köztük a mamám is. Azt nagyon nem szerettem. Az udvarral szemben a Vízművek épülete állt. Oda a papa járt dolgozni portásként. Szegény bottal és csoszogva bandukolt oda is meg vissza is. Kalapot viselt és bajuszt. Nem volt kis darab ember. Néha én is átmentem vele, és ott is maradtam egy pár órát, mert egy kis barátra tettem szert. Fekete göndör szőrrel és a fekete gombszemeivel bámult rám mindig. Bogárnak hívták. Sosem vittem hozzá pórázt, mert nem kellett. Jött anélkül is, követett, mint az árnyék. Hosszú évekig jó barátok voltunk, még akkor is, mikor a papa már nem dolgozott ott, egészen addig, amíg egy autó el nem gázolta, de én már akkora 16 éves lehettem. Az udvarban volt egy poroló. Arra dobták a szőnyegeket, és ütögették egy bottal. Mellette egy hosszú pad helyezkedett el, és tőle nem messze a pöcegödör, amihez mindig szippantós kocsit kellett hívni. A pad mögött egy hatalmas hársfa állt. Mindig jó illata volt nyáron, és döngicséltek körülötte a méhek és darazsak. Néha mi is kaptunk egy kevés virágnedűt, ha sokáig ültünk olyankor alatta.

Mama sovány, kendős kis öregasszony volt. Mindig kötényben járkált. Botra nem volt szüksége egészen addig, amig combnyaktörést nem szenvedett. Ugyanis az udvar mellett volt egy kocsma. Állítólag ott fellökték és eltört a lába. Utána már kellett neki a bot. Amíg ápolásra szorult, én láttam el őket, és az unokahúgom. Egy hetet voltam én velük, egy hetet ő. Olyankor mindig a papa mellett kellett aludnom. Egyébként a mamával

aludtam, ha lehetett. Intéztem a vásárlást, a főzést, mosoga-
tást fazékban, és mindent, amire szükségük volt. Talán szeren-
cse a szerencsétlenségben, hogy pont az egyik nyári szünetben
esett meg a dolog. Ha beteg voltam, mindig náluk töltöttem azt
az időt. Ráadásul az orvos is ott lakott nem messze, tehát gyor-
san ki tudott jönni kocsival, ha baj volt. Apai ágon a nagyszüle-
imnél, akik tót származásúak voltak és Tótkomlóson laktak, a
papa borozgatott néha, de náluk nem emlékszem, hogy valaha
is lett volna duhajkodás. Ez a papa kétszer akkora volt, mint a
másik, hosszában és széltében is. Neki nem volt se bajusza, se
szakálla, és nem hordott kalapot. A felesége is elég nagydarab
asszony volt, fekete göndör hajjal, és nem hordott mindig ken-
dőt, és egyiknek sem volt botja. Hatalmas, egyszintes, kertes
házban éltek. A WC kint volt a kutyaól mellett. Az volt igazán
csak a kihívás, ha ki kellett menni. Nem éppen egy szelíd jószág
őrizte a pottyantót. Csak a vödör víztől félt, semmi mástól. Szó-
val jól meg kellett gondolni, hogy kimész hozzá, vagy jó lesz a
kert egyik sarka is. Ráadásul a kutya lenyugdíjazott rendőr-eb
volt. A mai napig nem értem, hogy miért ott volt mellette az ólja.
A kertben rengeteg szőlő volt, meg zöldség, na meg fák. Csak
akkor mertünk róla enni, ha papa nem volt otthon. Neki csak
egy kedvenc unokája volt: a saját vér szerinti. Mi nem azok vol-
tunk, ugyanis apám az első házasságból született. A féltestvé-
re, aki fiú volt, a másodikból. Nekünk még a lefektetett beton
közti virágokra sem lehetett rálépni. Nem is mentünk hozzájuk
túl sűrűn, és messze is laktak. Ezért volt, hogy inkább a mama
jött hozzánk. Szebbnél szebb ruhákat varrt otthon, amiket az-
tán magával is hozott. A bátyáimról olyankor mindig azt hitték,
hogy ikrek, mert nekik mindig egyformákat csinált. Nekem meg
mindig kalocsai hímzett kis szoknyákat varrt, vagy egyrészes,
hímzett ruhákat kis, hímzett kötényekkel. Olyankor mindig
büszkén mentünk a vidámparkba, állatkertbe, cirkuszba. De a
hazafele út mindig szomorúan telt: sosem tudtuk előre, hogy a
bátyáim kapnak-e verést, mert éppen mondjuk rosszul fűzték
be a cipőjüket vagy sem, vagy mondtak-e valamit, ami esetleg
sértette apám fülét. Sosem a helyszínen rendezte le a dolgot,

csak mindig otthon. A helyzet egyre rosszabb és rosszabb lett. Én sem maradtam ki a jóból. Ha nem volt otthon senki, csak mi ketten anyámmal, akkor ő vezette le rajtam a mérgét. Általában a hosszú, akkor még szőke, hullámos, derékig érő hajamat cibálta és közben azt mondogatta, hogy „apuci kedvence". Na, nem mintha tehettem volna róla. Aztán meg azon csodálkoztak, hogy miért nyírbáltam össze a takaró alatt a hajam, mikor csak a bátyáimmal voltam otthon, és természetesen ezért is ők kaptak. Próbáltuk hárman egymást támogatni lélekben, ha csak mi voltunk otthon. Például bújócskázni a sötétben. Egy ilyen játék alkalmával derült fény a klausztrofóbiámra. Természetesen nem szóltunk róla senkinek. Az egyik bátyám kitalálta, hogy bezár engem az ágyneműtartóba, ami teljesen üres volt, mert már meg volt ágyazva. Mégis kiabálni kezdtem, hogy engedjetek ki, mert nem kapok levegőt. (Szoros pólya mellékhatásai.)

Nagyon sokat voltunk a játszótéren is. Tőlünk 3 megállóra lehetett villamossal. Én homokoztam vagy hintáztam, a bátyáim fociztak, de mindig mondták, ha bármi baj van, szóljak nekik. Volt is nem kevés. Találkoztam cukrosbácsival, vagy lezuhantam egy tetőről gesztenyeszedés közben, vagy csak egy magányos néni akart mindig elvinni magával, szóval csóri bátyáim nem győztek a segítségemre rohanni. Természetesen olyankor jött az egész csapat. Télen szánkózni jártunk, mert akkor még voltak nagy havazások. Felmentünk a Gellérthegyre. Még a lépcsők sem látszottak ki a hóból. Általában én ültem középen a szánkón, ami négyszemélyes volt. Megbeszélték, hogy ők ketten fogják lábbal irányítani a szánkót, csak azzal nem számoltak, hogy én is le fogom tenni a lábam – csak az ellenkező irányba. Olyankor vagy fának mentünk vagy kiegyenesítettük a kanyarokat, és nem értették, hogy miért nem megy arra, amerre ők szeretnék. De volt olyan is, hogy csak ketten szánkóztunk, és én ültem elöl. Akkor általában csak én csapódtam fának vagy korlátnak. Arra is volt példa, hogy hárman mentünk szalonnát sütni Törökbálintra. Budán még sütött a nap, de ott szakadt az eső és fújt a szél. Azért mi megpróbáltunk egy focipálya mellett a sárban meggyújtani az aprócska máglyát. Nem sikerült,

44

és hazamentünk még sötétedés előtt. A bátyáim lekefélték magukról a sarat és betették a szennyes közé a ruhákat. Az enyémet nem kefélték le, és sajnos lebuktunk miatta. Ezért is kaptak apámtól, de itt már én is kaptam egy hatalmas pofont ágyon ülve. Az ágy adta a másikat.

Anyámnak nem tetszett, hogy sosem kérdezek semmit. Nem úgy, mint a testvéreim, hogy ez miért van, az miért van, ez hogy működik, vagy az, szóval ahogy egy normális gyereknek kéne kérdeznie, amikor ismerkedik a környezetével. Én azt nem tettem meg, csak hallgattam, mint a sír. Most mondtam volna neki, hogy „ne erőlködj, mert többet tudok, mintsem te azt el tudnád képzelni"? Nem fogom megkérdezni, hogy hogyan működik mondjuk a busznak az ajtaja, mikor hallom így is, hogy sűrített levegőt használ, és össze tudom rakni magamban a képet, hogy hogyan is nézhet ki belülről. Az ő számára nem voltam egy egyszerű gyerek. A fürdés úgy zajlott, hogy előbb én mentem, aztán a bátyáim. Gondolom, spórolás szempontjából ez volt a legmegfelelőbb opció. Egy ilyen alkalommal, nem tudom, milyen okból kifolyólag, úgy döntöttem, hogy megpróbálom a szappant fent tartani a víz tetején, anélkül, hogy fognám. Elég sok próbálkozásomba belekerült, na meg sok szappanba is, aminek mindig az volt a vége, hogy „Már megint mi csináltál a szappannal? Hófehér a víz!" – morogtak a bátyáim. De nem adtam fel. Aztán megtörtént a csoda: elengedtem, és fent maradt. Akkoriban még nem volt magától úszó szappan, főleg nálunk a kommunista időkben. A '70-es évek végén, '80-as évek elején. Kellemes bizsergést éreztem a fejem körül, mikor szuggeráltam. Később már annyira megtetszett, hogy műanyag katonákat és indiánokat szurkáltam bele, és így úsztattam a szappant. Egy pár évig eljátszadoztam velük. Az is eszembe jutott, hogy ha már a szappan ilyen jól működik, akkor a repülés is működhet. Minden gyermek korában eljön az az időszak, mikor éjszaka álmában repülni tanul. Ez hozzá tartozik a lélek fejlődéséhez. Nem véletlen.

Odaát nem találtam tükröt a köztes világban. Na, ez sem volt véletlen. Mindenféleképpen próbálják eltitkolni, hogy ki is vagy te *valójában, és mire is lennél képes, ha felébrednél. Mert nekik így jó, vagyis lenne jó. Csak egy kicsit gondolj bele... ha rájönnél, hogy valójában te isteni erőkkel rendelkezel és olyan dolgokra lennél képes, amiket eddig csak filmeken láttál, mint Superman vagy Thor, és még sorolhatnám. Ott maradnál a mostani munkahelyeden? Lehetne egyáltalán a továbbiakban téged irányítani? Vajon mit tennél? Pláne, ha még az is eszedbe jutna, hogyan kerültél ide és kinek köszönheted az eddigi életeid eltörlését az agyadban, akkor vajon mit tennél velük? Eddigi tapasztalataim szerint és az emlékeim szerint is úgy vélem, hogy erre megy ki a játék: minden fontosabb dolog leplezése, és az emberiség álomvilágban tartása. Gondolom, életed folyamán egyszer talán azon is elgondolkodtál, hogy vajon miért nincs a Földön olyan ember és család, akik felhőtlen boldogságban élnek életük kezdetétől a végéig. Vagy azon, hogy miért van ennyi nyomorúság, éhezés, háború, és még sorolhatnám. Nem azért, mert Isten útjai kifürkészhetetlenek. Ezt el ne képzeld! Nagyon is tudja, hogy mit csinál és miért. Azok a bizonyos energiatömbök, amik ugye csak a fájdalomról és a szenvedésekről szólnak az anyai imádságban, amit letesznek a szárnyas lények a lábai elé, na, abból Ő táplálkozik. Ha belegondolsz, mikor szokott legfőképp az ember imádkozni? Mikor baj van. Néha azért szoktak hálanyilvánítást is üzenni feléje, de azokról tudomást sem vesz, mert nincs olyan ereje, mint a fájdalomnak. Ugye kapiskálod már? El tudnád képzelni, hogy mondjuk mindenki itt a Földön csak boldogságban úszna? Minden rossz megszűnne? Te el, de Ő nem. Pontosan ezért van az, hogy mindenki hordja a maga fájdalmát vagy keresztjét. Csak azzal legyen elfoglalva, és ne is próbáljon másfelé gondolkodni. Ha mégis, akkor jön az elterelő hadművelet. Tesznek róla, hogy ne máson járjon az eszed. Ilyenkor jön a véletlen elhalálozás, ha nem te, akkor valaki a családban, vagy csak szimplán megbetegszik vagy a rokonod vagy te, vagy még ott a média. Mindent és mindenkit a kezükben tartanak és uralkodnak felettünk. Van, aki a sors-dumával jön, vagy a karmával. Akkor most lefordítom, hogy mi is valójában a karma. A karma addig csak karma amíg azt teszed, amit ők elterveztek neked életed során, de ha már változtatni akarsz rajta és tudsz is, azt már úgy hívják, hogy **Szabad Akarat**. Az már ellentmond az akaratuknak, tehát helytelen.*

Márpedig a szabad akarat létezik, ami felett nekik nincs hatalmuk, mert így lettünk teremtve anno. Ja, és hát azt is tisztázzuk, hogy **nem** Ő teremt és teremtett minket – vagyis a lelkünket –, ő csak kihasználja a lehetőséget, mint erőforrást. Mi teljesen máshonnan jöttünk, és teljesen más isten teremtette a lelkünket. Nemhiába hadakoznak papjaik az egyiptomi istenek ellen és átkozzák ki őket és mondják rájuk, hogy démonok. Még véletlenül se legyen egy szikrányi tudásod a mivoltodról, ha esetleg vennéd a bátorságot és hozzájuk fordulnál, mint létező istenekhez, segítségül. Ugye mond valamit neked a keresztes háború? Minden tudást, ami előtte volt, megsemmisítettek vagy leromboltak. Szerinted véletlen? Ha nem lerombolták, akkor ráépítkeztek. Azért, hogy nagyobb hatalommal élhessenek és megmaradjon az uralmuk, azokat az energiákat használják fel, amit az őseink megteremtettek. Csak egy egyszerű kérdés: miért hagyták meg Lucifer (Fényhozó) kicsinyített sírját a Szent Péter bazilika alatt, Nekropoliszban, azon belül a Mauzóleum „U" termében, amit a saját szememmel is láttam, mert jártam lent fizikálisan? Külön engedélyt kellett rá kérni. Nem érdekes egy pogány temető a bazilika alatt? Rengeteg olyan templom is létezik, amit egy másikra építettek rá. A 130-as években Hadrianus császár felépíttette a római Jeruzsálemet, Ælia Capitolinát. A piactérre Venus temploma nézett, a mai Szent Sír-templom helyén. A templom építésekor a Golgota és a Szent Sír területét feltöltötték, így azok teljesen a föld alá kerültek. Cæsareai Euszebiosz és Szent Jeromos azt írják, hogy a szent helyek fölött pogány isteneknek ültetett liget zöldellt, a Szent Sír felett Iuppiter (Zeusz), a Golgota felett pedig Venus szobra állt. A 4. században Konstantin császár türelmi rendelete, de főleg a kereszténység államvallássá válása (380) után megindult a keresztény templomépítkezés. Ettől az időtől számos pogány templomot és zsinagógát is keresztény templommá alakítottak át. Most térjünk a démonokra, legfőként a kedvencemre, az ördögűzős filmekre. Ott mindig az ő papjaik győzedelmeskednek, vagy nem, ezzel elrettentve a nézőket, hogy véletlenül se fordulj egy általuk kiátkozott valódi isten felé. Mert ami valójában megszállja az emberi testet, azt ők teremtették, ami felett van hatalma egy papnak. Betanított harcikutya, mint a köztes világban. De ha egy valódi kiátkozott istennel találná

47

szembe magát a pap, na annak aztán mondhatna bármilyen imádságot és locsolgathatná a szenteltvizét. Zárójelben most gyorsan megjegyezném, hogy valódi isteneink ilyet **soha nem tennének,** és ezidáig nem is tettek. Ennél azért jobban szeretik az embereket, semhogy bármiféle fájdalmat okoznának nekik. Tehát az a démon **nem** az a démon. Hesiodus szerint (Opp. et dd. 122) a démonok az aranykorszak elhunyt nemzedékének lelkei, melyek védőszellemek gyanánt vigyáznak a földiekre, mint a rómaiaknál a geniusok: teremtő, nemző. A zsidók és keresztények később minden pogány istent gonosz démonnak, ördögnek tekintettek. És ami még jellemzi a harci kutyáikat: imádják a vér szagát. Nem véletelnül akarták kitépni a beleimet. Viszont Egyiptom istenei undorodnak a vértől. Semmiféle véráldozatot nem kérnek. Ami vérrel kapcsolatos, az **mind** az elnyomóinkhoz tartozik így vagy úgy. Most próbáld meg az emberi testet úgy elképzelni, mint a bogaraknál a bebábozódást. Addig vagy védve, amíg ki nem fejlődsz teljesen. De ez a burok nem azért van, hogy semmire ne legyél képes; éppen az ellenkezőjére. Véd, miközben táplál is. Gondoskodik a lélek harmonikus fejlődéséről, ami adott, ha hagyod, és nem engedsz a külső, rosszindulatú hatásoknak, mint például a nagy semmiből elkap a dühroham, és mindenkit magad körül elkezdesz valami oknál fogva utálni. Csak gyülemlik benned a harag, de nem tudod, mitől. Ebből is csak ők táplálkoznak, és folyamatosan rombolják a lélekenergiádat. Rossz minőségű energiával kezded táplálni a saját lelkedet. Ezzel visszafogod a lélek fejlődését. És ezt ők nagyon is tudják, és tisztában vannak vele. **Minden negatív behatással rombolják a lélekfejlődést.** Tehát meg kell tanulni elsősorban ezeknek a kivédését. Ezen kívül meditálni és összpontosítani vagy koncentrálni egy bizonyos feladatra. Mint pl. a szappan lebeg a víz tetején. Kikapcsolsz és koncentrálsz és hiszed, hogy meg tudod tenni. Elfelejtesz minden eddig tanult dolgot a fizikával kapcsolatban, ugyanis nem létezik. Az, hogy elhitették veled, az már egy más dolog. Tehát törlöd, és koncentrálsz. Fogod a szappant a víz tetején, majd lassan elengeded, és ezt többször, addig, amíg nem sikerül. Ha nekem sikerült, akkor neked miért ne menne? Az is lehet, hogy te a tűzzel vagy összekötve, és nem légnemű dolgokkal vagy vízzel. Próbálkozz gyertyával. Gondolati síkon kell megtanulnod meggyújtani.

Ha ki sem próbálod, soha nem fogod megtudni. Tudod, miért nem csípnek engem a szúnyogok? Mert mindig eggyé válok velük, így azt hiszik, hogy közéjük tartozom. Igazából ebben a világban, ahol élünk, csak az emberi agy tud határokat szabni vagy azokat eltörölni; csak rajtad múlik, hogy melyiket választod. A léleknek is vannak szárnyai. Ezért nem találtam odaát tükröt. Van, akinek kisebb, van, akinek nagyobb, vagy teljesen elcsökevényesedett, mert sosem használta vagy elfelejtette használni. Ez mindig a fejlettségi szinttől függ. Tehát akiket manapság mi angyaloknak hiszünk, azok valójában kifejlett lelkek, akik vagy önszántukból vagy nem, de a rossz oldalra álltak. Ahogy elnéztem, sokan már megbánták, de nekik egyelőre nincs visszaút, és gondolom, ennek volt köszönhető, hogy nem törölték a memóriámat. Próbálnak segítséget kérni – kisebb-nagyobb sikerrel. Aztán vagy lebuknak, vagy nem. Mindenesetre sajnálom őket.

De most térjünk vissza a szárnyakkal való repüléshez. Nem minden esetben használja a lélek a szárnyait. Van, hogy nélkülük is tud repülni, csak tudat formájában. Ez mindig attól függ, hogy a lélek milyen szinten van, vagyis mennyi tudással rendelkezik, mennyire fejlett. Minden lélek, mint mondtam, rendelkezik szárnyakkal. Az orvosok arra fogják az éjszakai repülést a gyermekeknél, hogy fejlődnek a csontok. Valamire fogni kell. Az igazság valójában az, hogy a lélek nagyon sok információt hordoz magában, amik a régi időszakból megmaradtak. Ez egészen 6 éves korig tart. Majd jön az óvoda, iskola és külső behatások, és egyben ezzel az eredeti tudás lassacskán törlődésre kerül, mert felülírja az előzőekben tanultakat. Tehát kezdünk valami másban hinni. Úgymint fizika, kémia stb. Én nagyon sokat repültem gyermekkoromban is, és még most is. Hol szárnyakkal, hol nélkülük. Ez mindig az adott körülményektől függ. Függ attól, hogy itt akarsz, csak a Földön kószálni, vagy más dimenziókat akarsz meglátogatni, vagy esetleg csatába készülsz, és ahova indulsz, ott vannak ellenségek vagy nincsenek, felfedheted-e magad vagy sem, és még sorolhatnám.

Borzasztó módon kezdődtek a tanulásaim éjszakánként. Nekiiramodtam álmomban a játszótéren, hogy majd elrugaszkodom a földtől, és mikor nagy nehezen sikerült, valami förtelmes lény mindig elkapta a lábamat és visszahúzott. Ott fel is ébredtem. Később okosabban csináltam. Felmentem egy hegy tetejére és onnan futottam neki, majd elrugaszkodtam. Igen ám, de azzal nem számoltam, hogy majd lenézek. Lenéztem és megláttam, hogy milyen magasságban vagyok, és már le is zuhantam. Ebben a formában többször gyakoroltam, hogy szokjam a magasságokat és ne ijedjek meg. Mikor már a félelmek elmúltak, más taktikákhoz folyamodtam. A későbbiekben már simán a földtől való elrugaszkodás is sikerült. Csak feldobtam hátra a lábaimat, kettőt-hármat csaptam a szárnyaimmal, és már fent is voltam a felhők között, anélkül, hogy bárkinek is sikerült volna elkapnia.

Én kis naiv úgy gondoltam, hogy ezt majd otthon is kipróbálom ébren, napközben. Tehát elkezdtem ugrálni az ágyról. Ez sajnos hang nélkül nem ment, így abba kellett hagynom. Közben voltak olyan napok, mikor csak ültem az ágyon, nem ment a tévé sem, de én filmeket láttam magam előtt, majd keserves sírásba kezdtem. Rohantak be a szobába a szüleim és csak azt kérdezgették, hogy miért sírok. Bántott valaki, vagy volt itt valaki a szobában? Én meg csak bólogattam, hogy nem, nem. Hogyan is tudtam volna nekik megmagyarázni, hogy miket láttam? Mondtam volna azt, hogy papnőként láttam magam egy teljesen más világban, ahol nap sem létezett, csak kék fény világította be az eget és éppen búcsúzom a paptársaimtól, mert tudom, hogy egy jó darabig nem látjuk egymást? Vajon milyen arcot vágtak volna hozzá? De mesélhettem volna a biciklis részről is. Hol az egyik jelenet, hol a másik jelenet ugrott be. Két világ között éltem sokáig az életemet. Ha nem nappal, akkor éjszaka. Gyötörtek a rémképek. De valahol tudtam, hogy egyszer mindenre választ kapok, csak meg kellett tanulnom a két filmet szétszedni, majd újra összerakni. Néha kimentünk Budafokra is anyám nővéréhez, aki a férjével és egy szem fiukkal élt egy kertes, egyszobás kis házban, vagy a nagypapámhoz, apám apjához. Ő szintén Budafokon lakott. A nénikémnél mindig balhé vetett véget a látogatásnak, a papánál sosem. Papa is polgári egyszobás lakásban élt egyedül. A ház öt szintből állt. Talán a másodikon lakhatott. Szeretett sörözni. Sovány, kopaszodó, vékony, sima arcú ember volt. Sosem láttam nála botot. Neki volt egyedül vezetékes telefon a szobájában. Azon hallgattuk mindig a mesét. Volt egy Singer varrógépe, lemezjátszója, és egy fekete-fehér tévéje. Mondjuk tévével mi is rendelkeztünk, és autóval is. Egy felnyitható tetejű Opellel. Néha elvittük a papát Surányba vagy Hűvösvölgybe, vagy kimentünk vele a strandra, vagy éppen az egyik közeli kocsmába. Ha sokat ivott, lefeküdt és elaludt. Nagyon ritkán kimentünk Sárkeresztúrra is. Ott anyám öccse lakott a három gyerekével egy kertes, egyszintes parasztházban. Ebből kettő gyermek iker volt. Egy fiú és egy lány, akik akkoriban még csecsemők voltak, és volt egy velem egyidős lánya. Minket anyám sógornője ki nem álhatott. Volt, hogy disznóvágáson megszólaltam, hogy éhes vagyok. Nem egyszer. Apámék kint voltak egész nap, mert a malaccal foglalkoztak. Mi meg, gyerekek, bent vele, egész nap. Nem volt elég, hogy úgy nézett rám, mint a véres ingre, még kaptam hozzá egy tányér üres levest is. Aztán csodálkoztak anyámék, mikor bejöttek és megint megszólaltam, hogy éhes vagyok. Kérdezték, hogy nem kaptam enni? Én meg mondtam, hogy üres levest. Na, akkor szerintem egy kanál vízben meg tudott volna fojtani. Talán egyszer voltunk náluk otthagyva. Az egész időszakot a szomszédoknál töltöttük kuncsorgással, mert a férje dolgozott, nekünk meg folyamatosan nem adott enni. Pár évre rá el is váltak. Budaörsre költöztek, más-más lakásba. Az ikrek az anyjukkal egy kertes kis házba, a nagybátyám a nagyobbik lányával panelba. Közben a szüleim is elváltak, mert olykor anyám elfelejtett esténként hazajönni, és csak reggel talált haza. Mi meg apámmal négyen nem tudtuk, mi történhetett vele, hol lehet. Több ilyen alkalom után apám egyszer csak eltűnt az életünkből. Akkor voltam 5 éves. A helyzet rosszabb lett, mint volt. A hűtő általában kongott az ürességtől. Aztán jöttek a pót-apák. Egyik többet ivott, mint a másik. Néha apám közben megjelent, és elvitt minket magával. Bemutatta az új barátnőjét. Az albérletet, ahol laktak, vagy vidámparkba vitt minket. Érdekes módon már nem verte többet a bátyáimat, aminek én nagyon örültem. Én 6 éves lehettem már, mikor megkérdeztem anyámat – bár ne tettem! –, volna, hogy létezhet-e, hogy a szappan úszik a víz tetején.

A nagyon okos azonnal rávágta, hogy „nem". Onnantól kezdve
már nekem sem úszott többet: elhittem neki.

Szerettem óvodába járni, ahol ismét egy kicsit felmutathat-
tam régi tudásomat, főleg rajzok formájában. Olyan állatokat
rajzoltam, amik már kihaltak. Az érdekesség az volt, hogy a csa-
ládunkban senki sem tudott és nem tanult rajzolni. Főleg nem
szőröshasú oroszlánokat. Csak úgy jöttek az ehhez hasonló fur-
csábbnál furcsább lények a kezem alól. Az óvónők nem győztek
csodálkozni. Ők azt sem tudták, hogy ez a faj valaha létezett.
Márpedig létezett. 1922-ben lőtték ki az utolsót az Atlasz-hegy-
ségben. Berber oroszlánnak hívták. Bármilyen állatot le tudtam
rajzolni: macskát, kutyát, lovat stb., de mindegyiken volt vala-
mi kis furcsaság. Vagy túl nagy volt a füle a mai megszokotthoz
képest, vagy nem volt szőre, de számukra egyik sem volt töké-
letes. Csak egy kicsit kellett volna kutakodni. Igazából ők sem
tehettek róla, mert akkor még hol voltunk az internettől? Utá-
na jött az iskola, na meg a rengeteg beírás arról, hogy nem tu-
dok viselkedni. Verekszem a fiú osztálytársaimmal vagy elfelej-
tettem visszamenni a szünetről az órára, mert jobban éreztem
magam a mellettünk lévő óvodában, ahova régebben jártam.
Nem figyelek az órákon, visszabeszélek, és ehhez hasonlók.
Tanulni sem akartam, mert nem sok értelmét láttam. Azt hit-
tem, anyám örül, ha jó jegyet viszek haza, de miután ezt felém
sosem mutatta, csak azt vágta a fejemhez, hogy magamért ta-
nulok, így teljesen elment tőle a kedvem. Értelmét sem igazán
láttam az oktatásoknak, mert úgy gondoltam, hogy a legtöbb
anyagot az ember sosem fogja használni élete során. Akkor meg
minek? Teljesen tisztában voltam vele, hogy bizonyos oklevelek
és papírok nélkül is el tudja érni az ember azt, amit akar, már
ha tényleg nagyon akarja. Az is hozzájárult ehhez az egészhez,
hogy rengeteget éheztünk. Barátaim nem voltak, akikkel ösz-
szejárhattam volna, mert ismerték a családi körülményeinket.
Topis ruhákban jártam, vagy azt kaptam meg, amit a bátyáim
kinőttek. Az iskolatáskákat is egymástól vettük át, mint ahogy
a tolltartókat vagy bármi egyebet. Én mindig azt hittem, hogy
anyám felejt el nekem csomagolni uzsonnát vagy reggelit. Én

kis naiv. Ugyan mit csomagolt volna az üres kenyeres zacskóból vagy az üres hűtőből?

Nem igazán foglalkozott már velünk. A kocsmákkal és az ivócimborákkal annál inkább. Munka után első volt a kocsma. Ha néha eszébe jutott, hogy főzni kéne valamit, akkor sem erőltette meg magát. Csontlevest meg bablevest sűrűn láttunk. Süteményt sosem, mert nem is tudott és akart sütni. Volt, hogy nem egyedül jött haza, aminek sosem lett jó vége. Kiabálás, veszekedés eleinte, aztán jött a verés – neki. Volt, aki pár hónapot maradt, sajnos, vagy évekig sem tudtuk kidobni. Egy ilyen alkalom után bekerült egy kórházba, mert elfertőződött az egyik füle. Orbáncos lett. Pont karácsonykor. Ketten álltunk a kisebbik bátyámmal az előszobában és néztük egymást, hogy most mi lesz. Se fenyőfa, se főtt étel, csak mi ketten. Én 12 éves voltam, ő meg 17. Szerencsére a hűtőben már megvoltak az ünnepre szánt alapanyagok. Na, nem sok, de volt. Úgy gondoltam, lesz, ami lesz. Egy töltöttkáposztára valót összedobtam. Ez volt életem első önálló főzése. Közben a bátyám eltűnt szó nélkül, majd pár óra múlva megjelent egy hatalmas, kicsit deformált fenyőfával. Az utolsó zsebpénzéből vette a piacon az utolsó pillanatban, mert éppen csomagolt már a kereskedő. Kicsit szomorkásan, de legalább csöndben tölthettük az ünnepeket. Anyámnak is vittem egy befőttesüvegben káposztát. Azt mondta, hogy életében nem evett még ilyen finomat. Akkor nagyon meglepődtem, de nem szóltam semmit. A nagyobbik bátyám időközben elköltözött – vagy inkább kidobta az anyám, mondván, nem tartja el tovább. Így továbbtanulni sem engedte. Lett egy szakmája, és érje be vele. Gondolta ő. Talált magának egy barátnőt 17 évesen, akihez el is költözött, majd katonának állt – vagyis vitték. Ketten maradtunk a kisebbik bátyámmal. A házimunkák mindig ránk vártak. Az alkoholista már semmit nem volt hajlandó otthon megcsinálni. Én közben kijártam a 8 általánost, majd elmentem dolgozni. Elegem lett az éhezésből. 15 éves múltam már, mikor felvettek az első, teljes munkaidős munkahelyemre. Korbácsgyártóként dolgoztam. BMW-hez és Audikhoz gyártottunk alkatrészeket. Nagy élmény volt az első saját fizetésemből elmenni vásárolni. Mindjárt be is mentünk a bátyámmal a legnagyobb áruházba (Skála) az élelmiszerosztályra. Akkoriban 19000 Ft-ot kerestem egy hónapban, 1991-ben. Púposan pakoltuk meg a gurulós kosarat. A kasszánál már attól féltünk, hogy nem lesz elég a pénz. 5000Ft-ba került az egész. Utána már azon aggódtunk, hogyan visszük haza ketten a szatyrokban, mert autónk és jogosítványunk sem volt. Nehezen, de hazajutottunk velük. Kipakoltuk és azt vettük észre, hogy szinte nem vásároltunk semmit. Akkora az üresség a lakásban, hogy a holmik elvesztek. Később már őt is egyre ritkábban láttam otthon. Vagy a haverjaival lógott, vagy dolgozni járt a technikum mellett. Ebben az időszakban találkoztam életem első nagy szerelmével az utcán, séta közben. Ő akkor engem nem vett észre, mert anyám akkori élettársával beszélgetett, de később elmondtam anyáméknak, hogy mennyire megtetszett nekem az a srác, ők meg összehoztak egy randevút nekünk. Talán csak 2-3 hónapot tölthettünk együtt összeköltözve nálunk. Sokat csavarogtunk. Volt, hogy éjszakára sem mentünk haza, mert beszöktünk az egyik szálloda nyitott fürdőjébe vagy felmentünk a barátjához mulatozni, vagy csak felmentünk egy idegen ház lapos tetejére bámulni a csillagokat. Mindig spontán jöttek az ötletek. Majd bevonult katonának. Akkoriban egy év volt a szolgálati idő. Mikor leszerelt, elváltunk. Már nem az az ember volt, akit régebben megismertem. Teljesen elhidegült tőlem, és már a szemembe sem tudott nézni. Közben a kisebbik bátyámat is besorozták. Azok az idők voltak számomra a legnehezebbek. Magamra maradtam.

Egyedül néztem végig anyám veréseit. Alvások nélkül jártam dolgozni. Néha be-beugrott a nagyobbik bátyám, hogy megnézze, hogy vagyok. Vagy elvitt vacsorázni, hogy egy kicsit felrázzon lelkileg. Néha kiugrottam az anyai nagyszülőkhöz megkérdezni, hogy vannak, de már egyedül nem aludtam ott, mint kiskoromban. Tudtam, hogy muszáj hazamennem, mert ki tudja, hogy anyám túléli-e a következő ütlegelést, vagy ha nem leszek otthon, még talán én is kapok legközelebb. Mikor a kisebbik bátyám végzett a honvédséggel, oda jött dolgozni, ahova én is jártam, de sajnos váltott műszakban dolgoztunk, így ismét nem sokat találkoztunk. Én már addigra lelkileg és fizikailag teljesen kikészültem, majd egy szép napos délutánon úgy döntöttem, mindennek véget vetek. Legfőképp az életemnek. Ekkor ugrottam le az Erzsébet hídról. 1993 júniusában. 5 csigolyám tört el. 2-es, 4-es, 11-es, 12-es és nyaki 4-es. De minden hiába. Életben maradtam, és még csak le sem bénultam. *Mi ez, ha nem csoda?*, gondoltam magamban, mikor még a vízben voltam, hogy valakinek nagy szüksége lehet rám, ha még mindig élek. És akkor beugrott, hogy szegény bátyám otthon van, és azt sem tudja, hogy hol lehetek. Szóval gyorsan összeszedtem magam és kiúsztam a partig, de tovább már nem jutottam. Pecások húztak ki a vízből. Azt hitték, meghaltam, mert nem hallották a szívverésem. De megszólaltam, hogy „élek, csak nem tudok megmozdulni és a szemeimet sem tudom kinyitni". Hívták a mentőt. Ők is azt hitték, hogy meghaltam, mert még akkor sem volt szívverésem. Pedig sztetoszkóppal is vizsgáltak. Nekik is megszólaltam, hogy élek, csak nem tudok mozdulni. Befektetett az orvos egy kemény ágyra és felemelte a háttámlát a kocsiban, én meg mondtam, hogy fáj a hátam. De nem mertem megmozdulni, mert valami azt súgta: *ha most megmozdulsz, véged*. A röntgenezőbe berohant a kisebbik bátyám fehér, rémült arccal, majd így szólt.

– Tudtam, éreztem, hogy baj van! Tudod hol kerestelek? A Feneketlen tónál. Kétszer is kimentem megnézni a vizet, hogy nem vagy-e ott. Pedig jelezném, hogy nem vagyunk ikertestvérek.

Mikor felkerültem az intenzívre, következő nap a mentős orvos is meglátogatott. Lehet, hogy megszólalt benne a lelkiismeret, mert hát ugye egy törött gerincest nem fektetünk kemény ágyra. Egy hét elteltével a nagyobbik bátyám is berohant, mert szegény csak aznap szerzett erről tudomást. Nekünk még telefonunk sem volt, csak gondolta, beugrik látogatóba. Megkérdezte az akkori alkesz élettársát, hogy én hol vagyok. Szóval bejött a kórterembe, én meg annyira megörültem neki, hogy összeszedtem az összes erőmet egy hét eltelte után, és felkeltem az ágyból. Már csak azért is, mert olyan rémült arccal azóta sem láttam még. Nehogy azt higgye, hogy haldoklom. Azt a napot, amíg élek, nem felejtem el. Ugyanis minden rám jött egyszerre, amit csak el lehet képzelni. Alul, felül, elölről, hátulról, azok a bizonyos nehéz napok a nőknél, szóval minden, és mindennek a tetejébe még nem tudtam szaladni sem. Volt ott minden, röhögés, sírás egyszerre. Mikor kikerültem a kórházból, írtam apámnak egy levelet. Ha nem jön értem, megismétlem a történteket, és azt már biztos nem élem túl. Jött is a segítség elég hamar, mostohaanyámmal az élen. Mondhatni elraboltak kocsival, mert még csak 17 éves voltam. A gyámügynél aztán minden rendeződött. Egész úton a kisebbik bátyám miatt bőgtem, mert el sem tudtam köszönni tőle, és nem tudtam, hogy a továbbiakban vajon őrá mi vár, ha én nem leszek vele.

Új város – Orosháza –, új környezet, barátok, és minden új.

Boldogabb élet

Egy darabig apámékkal éltem az életem. Volt egy húgom és egy öcsém. Érkezésem után nem sokkal a húgom meghalt 10 évesen. Egyszer belenéztem a tenyerébe, mikor még élt. Megláttam az életvonalát, majd így szóltam. – Húgom! Neked már nem is volna szabad élned. Kár volt elmondanom. Utána körülbelül még 2 hétig láttam. A betegsége elvitte. A gyászból kimászva szereztem barátokat és dolgozni is jártam. Varrónőként helyezkedtem el egy gyárban. Közben megműtöttek köldökkel, mert váladékot engedett. Majd az egyik szomszédunk megkérdezte, hogy nem szeretnék-e hamarabb gyógyulni. Persze, hogy igent mondtam. Így megismertette velem a reiki energiáját. Később úgy gondoltam, hogy én ezt meg akarom tanulni. Bemutatott egy tanárnak, aki később a férjem lett. 1995-ben meghalt az anyai nagypapám, és még abban az évben megszületett a kislányom is. 4 évre rá a mama is távozott. A szülés nem volt egyszerű, és életben tartani sem volt könnyű a csöppséget. Reggel fé háromtól este háromnegyed tízig szültem, hang nélkül. Hiába metszettek gátat, szétszakadtam. Ez volt a kisebbik gond, a nagyobb az, hogy a kicsire tetőtől talpig rátekeredett a köldökzsinór. Mikor megszültem, mindenféle színben pompázott, csak nem emberiben. Lila, szürke, zöld stb. Elvitték az intenzívre, egy inkubátorba fektették. Talán 2 napot feküdt ott, majd átszállították Szegedre, mert befulladt. Én egyből mentem utána, ahogy kivették a varratokat. Nővérszállón kaptam helyet. Éjjel-nappal kezeltem a legjobb tudásom szerint. A napjaimat vele töltöttem a kórházban. Csak ebédelni mentem ki. Így telt el 9 nap, mikor végre hazavihettük. A kontrollvizsgálaton az adjunktus orvos azt mondta, hogy egyáltalán nem hitte, hogy a kicsi életben marad, mert nagyon rossz állapotban került hozzá. Mikor elmondtuk neki, hogy mivel foglalkozunk az apjával, már semmin nem csodálkozott, csak azt válaszolta, hogy így most már mindent megért.

A nagypapám temetésen összefutottam anyámmal, aki már olyan rettentő állapotban volt, hogy szinte rá sem lehetett ismerni. Alig volt haja, a fogai már szinte teljesen hiányoztak. Csontbőr volt, és már látni is alig látott. Valahogy nem tudtam sajnálni. Természetesen nem szóltunk egymáshoz. A kisebbik bátyám már nem vele élt, ha nem a párjával. Annak nagyon örültem. Anyám elköltözött és elcserélte a lakást két kisebbre, így jutott a bátyám saját otthonhoz, és már neki is volt családja. Egy kislánya. Végre boldognak láttam. Anyósomat is nagyon szerettem. Sokszor átjártunk hozzájuk. Megtanított a fűszerekkel bánni, a sütemények rejtelmeivel is megismertetett, és nagyon sokat beszélgettünk is közben. Elmeséltem neki a „remek" gyermekkoromat, amitől könnyesek lettek a szemei és nem nagyon értette, hogy létezhetnek ilyen szülők. Bár apám mentségére szóljon, ő megpróbált bírósági úton minket magához venni, de akkoriban mindig az anyának ítélték a gyerekeket, főleg, hogy a szomszéd azt hazudta, hogy anyánk nem iszik. Anyósom a második férjével élt együtt boldogan és az anyukájával egy 2 szintes, kertes házban. Néha kimentünk velük a telekre gyümölcsöket szedni. Megtartottunk minden születésnapot, névnapot, mindenféle ünnepeket, de csak szűk családi körben. Jobban örültem volna ilyen anyának, de sajnos nem volt sok választási lehetőségem anno. Tartottak állatokat is a ház körül. Tyúkokat, néha kacsákat is. Volt két kutya, egy macska, lányom nagy örömére. Mi tőlük egy sarokkal arrább laktunk, panelban. Két szoba, plusz egy hall. Elvégeztem a reiki-tanárit, az AROLO-tanárit, a szellemgyógyászatot és tanárit, angyaltanfolyam I-II, Megszállók, ördögök és démonokat, kiropraktikát, Esszénus első hetét, pránanádi 0-át. Rengeteg élményben volt részem ez idő alatt. **És menet közben rájöttem, hogy a sok stressz, amin keresztülmentem, elfeledtetett velem szinte mindent, amit addig tudtam vagy tanultam.** Volt mit bepótolni. Utána már megint sokat utaztam éjszaka. Ha nem engem tanítottak, akkor én tanítottam másokat. Éjjel-nappal szinte folyamatosan ment az oktatás. Ismét megtanultam energiákkal bánni, gyógyítani velük, szellemi lények érzékelését, és segíteni nekik visszajutni a fénybe. (Akkor még azt hittem, ezzel jót teszek nekik.) Egyik érdekes éjszaka ugyanazt álmodtuk ketten a férjemmel. *Csöngettek az ajtónkon. A férjem kinyitotta, és én is ott álltam mellette. A nagymamája volt az. Azt mondta, hogy csak azért jött, hogy elköszönjön tőlünk. Mondtam neki, hogy vissza kell mennem, mert a lányom sír. Visszamentem, és felébredtem, mert tényleg sírdogált.* Másnap reggel mind a ketten ugyanazt meséltük egymásnak. Mikor átmentünk anyósomékhoz délelőtt, akkor apósomat hívták telefonon, hogy éjszaka meghalt az anyukája.

Nagyon sokszor a német nagymesterünk látogatott meg minket éjszaka és beszélgetett velünk. Reggel mindketten emlékeztünk rá.

Egy ilyen alkalommal volt, hogy csak velem beszélgetett és megkérdezte, hogy miért vagyok ilyen szomorú. Mire én azt válaszoltam: mert sosem fogom ebben az életben látni Artúr király várhelyét Camelot-ban és nem merek még egyedül elindulni, mert nem tudom, mi vár rám ott. Eddig csak csillagok között utazgattam, de földön ilyen messze még nem voltam. – Ha csak ennyi a problémád.

Nyújtotta a kezét és így szólt:

– Most nagyon figyelj! Nagyon fontos, hogy egyszerre lépjünk.

Léptünk hármat, és máris ott találtam magam Angliában, azon belül Camelot-ban, a domb tetején. Hát én olyan boldog voltam, hogy könnyeztek a szemeim. Ugrándoztam örömömben és szaladgáltam körbe-körbe. Majd nekiszaladtam a mester nagy pocakjának, és átöleltem. Reggel boldogan ébredtem.

A sok tanulásnak köszönhetően rájöttem, hogy egyedül is bárhová eljuthatok, és már van erőm magamat megvédeni, ha beütne a krach. Így jött az ötlet, hogy újdonsült tanulómat magammal vigyem egy másik dimenzióba. Kíváncsi voltam rá, hogy vajon elég erősnek érzi-e magát, hogy tudjon védekezni. A vicc az egészben csak az volt, hogy mikor mesélni kezdett az éjszakai álmáról, azt hitte, hogy angyallal találkozott és nem emlékezett a történet végére, amit én fejeztem be neki. Na, akkor lepődött meg igazán. – Az te voltál? Teljesen máskép néztél ki.

Magasabb voltál, szőke, göndör hajad volt, és kék szemeid. Felvilágosítottam, hogy mindenki teljesen máshogy néz ki szellemi formában, csak az aura torzítja a testet. De azért megkérdeztem, hogy ugye rajtam volt a fekete, csuklyás köpenyem.

– Igen!

– Na látod? Mégis én voltam.

Tehát fogtam a fiút álmában és elvittem egy olyan helyre, olyan bolygóra, ahol csak zombi, torszülött lények élnek. Bevittem egy fakunyhóba és leterítettem egy hófehér lepedőt és a közepére álltunk, majd vártunk. Rettentően félt, és nem tudta, mi vár rá. Én felkészülten, nyugodtan vártam. Özönleni kezdtek a lények befelé az ajtón, ő meg csak állt ledermedve. Elérték a lepel szélét, de nem jöttek tovább. A tanuló még mindig ledermedve állt. Fogtam, kirántottam alóla a lepedőt – gondoltam, hátha megmozdul, de semmi. Az utolsó pillanatban, mikor majdnem megfogták a nyakát, megfogtam a hónalját és kirobbantam vele a tetőn keresztül. Nála ott szakadt meg a kép, hogy kirántottam a lepedőt alóla.

A következő teszt ugyancsak vele volt. *Elvittem egy olyan dimenzióba és városba, ami úgy nézett ki, mint Orosháza, ahol ő is élt. De a 10 emeletes panelház helyett üvegház volt. Úgy voltunk beöltözve, mint a kommandósok. Állig felfegyverkezve. A feladat az lett volna, hogy megtalálni, felismerni az ellenséget, és kiirtani. Az egyik emeleten meg is találtuk őket. Berúgtuk az ajtót és az ő barátai voltak bent, akiknek családjuk is volt. Természetesen álcázták magukat, de sajnos nem látott a maszk mögé. Nekem kellett lépnem megint, és mindenkit megöltem. Lementünk a földszintre, a hallba, és leültünk a fotelokba. A hátunk mögött ült egy embernek álcázott lény. Csak egyvalami különböztette meg az emberektől: mikor ránk nézett, a szemei sárgán világító gyík-szemek voltak. Természetesen, akiket megsemmisítettem, azok az ő emberei voltak.*

Ennél az éjszakai utazásnál már teljesen biztos volt benne, hogy együtt voltunk, mert felismert és emlékezett a gyíkszeműre is. Csak azt nem értette, hogy miért öltem meg a barátait. Ekkor jöttem rá, hogy még nagyon sokat kell tanulnia, hogy bárhová is magammal tudjam vinni. Még nem volt érett a feladathoz.

Egyedül folytattam az utazásaimat. Igazából azt a helyet kerestem már akkor is, ahonnan eredendően jöttem, és most itt nem a köztes világra gondolok. Volt már bárkiben is az az érzés, hogy hiába van otthon, mégis csak azt hajtogatja magában, hogy „haza akarok menni", vagy érzi valahol a zsigereiben, hogy a Föld nem az otthona? Biztos vagyunk ezzel még egy páran. Szóval nem adtam fel.

Jártam olyan dimenzióban és bolygón, ahol csak tornádók léteztek, mint időjárás, vagy néha kisütött a nap, mégis éltek hozzánk hasonló emberek azon a helyen. A házak nem voltak túl közel egymáshoz, de valahogy kibírták ezt az éghajlatot, és az ottaniak nem menekültek föld alá, csak én. Fát egy darabot nem láttam, csak füvet azon a részen, ahol jártam. Ők megtanultak ezzel együtt élni. Egy másik bolygón csak fákat láttam, amik a föld alól nyerték ki maguknak a vizet, mert a felszínen sehol nem volt fellelhető. Itt is éltek emberek, csak az volt a furcsa az egészben, hogy még egymással is nagyon halkan beszéltek, vagy leginkább kézjeleket használtak. Mintha rejtőzködnének valakik elől. A házaik a lombokhoz voltak erősítve, és űrhajókkal jártak. Azoknak sem volt hangjuk. Mozogni is csak nagyon óvatosam mertem, mert nem tudtam, hogy kitől vagy mitől félnek ennyire. Természetesen igencsak meglepődtek, hogy ott vagyok, de barátságosan fogadtak és megkérdezték, hogy mi járatban vagyok. Én mondtam, hogy az otthonomat keresem, de tudom, hogy sajnos ez sem az. Majd elköszöntem és távoztam, halkan. A következő alkalommal már nem egy másik bolygón vagy dimenzióban találtam magam, hanem egy ismerős családnál, itt, a Földön. Egy házaspár állt az ágy előtt. A testük aludt az ágyban. A férfi csak állt, és bámult rám kétségbeesve. Az asszony keservesen zokogott. Megkérdeztem, hogy mi a probléma. A nő azt válaszolta, hogy a gyermeke meg fog halni a hasában, mert leálltak a veséi. Én nyugtatgattam, hogy nem lesz semmi baj, csak bízzon bennem. Odaléptem a hasához és belenyúltam, majd megműtöttem a csöppséget. (Ezt a technikát szellemgyógyászaton lehet megtanulni.)

Nem sokkal később kaptam telefonon a hírt, hogy a kicsi és az anyuka jól vannak, és az orvosok nem értik, hogyan indultak újra a leállt vesék. Aztán egy napon, mikor nagyon magam alatt voltam és tudtam, hogy nem bírom sokáig cérnával a férjem mellett, és azt is tudtam, hogy el fogom hagyni, semmi másra nem vágytam, csak nyugalomra és csöndre. Ezzel a tudattal feküdtem le, és azzal, hogy keresek hozzá egy helyet odafent.

Útra keltem ismét. De most nem egyedül indultam el, hanem velem volt az akkori szellemi segítőm is. Az egyik oktatáson, beavatás közben ugyanis kaptam magam mellé egyet. Ő egy halott ember lelke volt, és élete során orvosként praktizált. Mindig meghallgatott, ha gondjaim voltak, és mindig segített gyógyítás közben. Szóval együtt érkeztünk meg egy olyan helyre, ahová már a nap sugarai sem értek el, és találtunk egy bolygót, ahol azt hittem, nem lakik senki. Csend volt és nyugalom. Sétálgattunk a homokos tengerparton és beszélgettünk. Érezni kezdtem, hogy valaminek a határán vagyunk, és nem kéne továbbmenni. Meg is álltunk. A messzi távolságban két lebegő lényt vettem észre, akik nagy sebeséggel közeledtek felénk. Nem mozdultunk. Közelebb érve észrevettem, hogy emberi alakjuk van és csuklyás köpenyt viselnek. Az egyik lila, a másik kék színű. Az arcukat nem mutatták. Teljesen meg voltak lepve, hogy mit keresünk ott. Egyáltalán nem is lehetnénk ott, mert én még nem vagyok halott, csak elhagytam a testem. Mondtam, tudom, csak azért jöttem, hogy egy kicsit megnyugodjak lelkileg, és csöndre vágytam. Mire ők így válaszoltak; akkor jó, maradhatunk, de ennél beljebb nem mehetünk. Egyelőre. Majd bólintottunk egymásnak elköszönésképp. Megfordultak és távoztak. Ezek után már nem maradtunk sokáig.

Nem sokra rá elköltöztem a lányommal apámékhoz 1998-ban Békéssámsonra. Onnan jártam dolgozni Hódmezővásárhelyre, a porcelángyárba. Közben elváltam. 8 hónap után döntöttem úgy, hogy jobb lesz a gyereknek is, ha visszaköltözöm. Így már Orosházáról jártam a porcelánba dolgozni. Hajnali fél háromkor keltem, és este hat után értem haza mindennap, kivéve hétvégén. Akkor nem kellett dolgozni. A kapcsolatunk nem lett sokkal jobb. Talán már nem veszekedtünk annyit, de különösebben nem is foglalkoztunk már egymással. Ő megismerkedett valakivel, nekem meg kiadta az utam.

– Eddig, és nincs tovább. El kell költöznöd, mert jön a barátnőm, aki hozza a gyerekeit is. Ide fognak költözni – mondta ő. Én meg azt sem tudtam, hogy merre vagyok arccal, vagy hogy hirtelen hova költözzek albérletbe. A kislányom apás volt, és nem akartam ugyanazt a fájdalmat és lelki terhet okozni, amit anno anyám okozott nekem. Egy éven keresztül kerestem éjszakánként holdkórosan apámat. Majd jött a gyógyszeres kezelés, ami szintén egy évig tartott. Ezt semmiféleképpen nem akartam neki. Így távoztam egyedül egy másik városba. Megint kezdtem mindent elölről, 2000-ban Szegeden. Elsőként egy barátnőmhöz költöztem, majd onnan albérletbe. Munkám már nem volt, csak segélyből éltem. Elvégeztem közben egy OKJ-s tanfolyamot. Amikor iskolába jártam, eléggé magam alatt voltam, és talán depressziós is. Sokat aludtam, főként hétvégeken. Volt, hogy csak enni keltem fel, majd visszafeküdtem. Hétközben, ha hazamentem az albérletbe iskola után, megcsináltam a házi feladatot, ettem, és korán lefeküdtem. Egy ilyen alkalommal jött az érzés, hogy ha akarom, ha nem, aludnom kell, mert baj van. 2001.09.11. Tehát így is tettem.

A következő kép tárult elém elalvás után. Két hatalmas toronyház, körülöttük emberek rohangálnak sikoltozva. Dől a füst az épületek tetejéből. Valaki fogja a kezem balról. Ránézek, és az egyik férfi tanulótársamat vélem felfedezni még az esszénus időkből. Majd érzem, hogy a másik kezemet is megfogja valaki: egy hosszú barna hajú hölgy. Őt sajnos nem ismerem. Mindegyikünkön fehér, hosszú köpeny van, és csak bámulunk felfelé. Nem merünk levegőt venni sem, nehogy összeomoljanak az épületek. Egy hatalmas kört alkotunk kézen fogva és nagyon sokan. Állunk és várunk, hogy az utolsó élő ember is elhagyja a tornyokat. Egyfolytában koncentrálunk, hogy egyben maradjanak a házak. Mikor tudjuk, hogy már nincs tovább, elengedjük egymás kezét és távozunk.

Mikor felébredtem, nem tudtam mire vélni a dolgot. Azt sem tudtam, hogy hol jártam, milyen városban. Csak csodálkoztam.

Egészen addig, amíg a másik szobából el nem kezdett kiabálni az albérlőtársam:

– Gyere gyorsan! Nézd meg, mit mutatnak a hírekben!

Lefagytam a tévé előtt. Még akkor sem akartam elhinni a történteket. Később egy oktatáson összefutottam azzal az emberrel, aki fogta a bal kezemet. Odamentem hozzá és megkérdeztem tőle, hogy emlékszik-e a történtekre aznap. Mire ő így válaszolt:

– Hogyne emlékeznék. Te fogtad a jobb kezemet. Még levegőt sem mertünk venni.

Akkor nagyon megörültem, hogy nem csak én emlékszem erre a dologra, és nem csak én „járkálok" segítséget nyújtani, ha kell. De még mindig nem tudtam teljesen, hogy akkor én ki vagyok valójában, honnan jöttem, mióta létezem és mi lehet a feladatom, mert nem állt teljesen össze a kép. Még mindig csak az emlékfoszlányok között kutakodtam. Később elhelyezkedtem dolgozni egy könyvesboltban. Ott ismerkedtem meg a második férjemmel. Minden hétvégén vagy második hétvégén mentem a lányomhoz vagy áthoztam magamhoz. Elég normális életet éltünk kb. hét évig, bár az italt sosem tudtam vele lerakatni. Közben munkahelyet váltottam és elhelyezkedtem egy elektronikai áruházban, ahol napi 12 órákat dolgoztam. Minden nyáron mentünk nyaralni, de mindig csak tengerpart közelébe. Anyósom beteg volt, agysorvadásos. Ilyenkor a lánya vigyázott rá. Mi négy évig ápoltuk az otthonában, ami egy bérlakás volt 380 cm belmagassággal, két szobával, konvektorral. Itt már a fürdőszoba egyben volt a piszoárral. Ezen kívül volt egy másik lakás is, ami a férjemé volt, de az már panel. Egy lánya is volt, aki nem velünk élt, és egy fia, aki viszont igen, bár nem sűrűn láttuk, mert már elég nagy volt ahhoz, hogy saját életet éljen. A férjem csak négyórás munkákat tudott vállalni négy évig. Utána be kellett adnunk az anyukáját öregek otthonába, mert elérte azt a szakaszt, ahonnan már nincs visszaút. Visszaköltöztünk a panelba, és a mostohalányomé lett a bérlakás. Egy idő után úgy döntöttem, hogy én is eljárok a kollégáimmal önvédelmet tanulni. Mondanom sem kell, hogy nem bántam meg. Bár igaz, néha voltak olyan sérüléseim, hogy három napig sem tudtam lábra állni. Lett egy ezüstérmem és egy bronzérmem kempo jitsuból. Csak azt bántam, hogy ez nem jutott eszembe még akkor, mikor Pesten laktam. Lehet, hogy máskép is alakulhatott volna az életem. Gyógyítottam embereket, vagy tanítottam őket, így ismét szert tettem egy tanítványra. Igaz, volt több is, de kevés olyan van, akivel az ember a mai napig tartja a kapcsolatot, és volt élményünk rendesen éjszakai utazás formájában. Ha történt valami, akkor vagy felhívtuk egymást, vagy találkoztunk. Így történt meg az az eset is, mikor felhívott és megkérdezte:

– Te, figyelj már! Hol jártunk éjszaka?

Mert emlékezett valami csatára, de a részletek már kiestek. Arról nem is beszélve, hogy úgy érezte magát, mint akin végigment az úthenger.

Elmondtam hát neki, hogy küldetést kaptunk. Elküldtek minket egy bolygóra, ami tele volt olyan lényekkel, amik nagyon hasonlítottak a Gyűrűk ura című filmben láthatóakra. Volt kicsi, nagy, repkedő, nem repkedő, szóval minden, amit csak el lehet képzelni. Maga a terület sivatagos volt, de azért egy-két sziklás terület fel-felbukkant menet közben. A nagyhatalmak arra kértek minket, hogy irtsuk ki az összeset azon a bolygón és megkérdezték, hogy kérünk-e segítséget. Mi ketten egymásra néztünk, elmosolyodtunk, és azt mondtuk, hogy nem. A tanítványom az égen harcolt szárnyakkal, én pedig lent a földön, szintén szárnyakkal. Tisztára úgy éreztem magam, mint egy gladiátor, és úgy is voltam – vagyis voltunk – felöltözve. Elkezdődött a csata. Aprítottuk őket, mint gyerek a ropit. Esélyük sem volt kettőnkkel szemben. A hatalmasok fentről, a páholyból nézték végig. Nagyon sokan voltak, és csak jöttek az ellenségeink a végeláthatatlan mindenségből. Jóformán az egész éjszakát végigharcoltuk, de győztünk.

Reggelre feltűntek a karmolások nyomai a testemen. Legfőkép az arcomon. Ha az ember éjszaka harcba keveredik, a hegek úgy jelennek meg, mintha már gyógyulnának, tehát halványrózsaszín csíkok formájában. És ha végighúzza rajta az ujját, akkor érzi csak igazán. Van olyan, hogy maga a heg már nem látszik, de az ujjával érzi, hogy ott van. Attól függ, mennyire mély a seb. Később, mikor találkoztunk, megkérdezte tőlem, hogy ez után a csata után vajon kik vagy mik lehetünk valójában, ha ilyenekre is képesek vagyunk? Nem lehet, hogy az őseink istenek voltak, vagy esetleg mi magunk vagyunk azok, csak kitörölték? A kérdés nagyon jó és elgondolkodtató volt. Szerintem ezen jó, ha más is elgondolkodik, nem csak mi. (A választ később fejtem ki.) Egy idő után felhagytam a gyógyítással. Elegem lett abból, hogy egy bizonyos idő után visszajöttek a betegek vagy ugyanazzal a betegséggel, vagy egy másfajtával. Képtelenek voltak változtatni az életkörülményeken vagy kényelemből, vagy lustaságból, vagy más okból kifolyólag. De legtöbbször csak a kifogásokat hallgattam. Érdekes mód, aki egészséges volt, az sosem panaszkodott semmire és senkire. Csak egyszerűen élte az életét. Egyik hétvégén megkérdeztem a férjemet, hogy létezik-e a Földön olyan ember, aki miatt letenné az alkoholt. Azt válaszolta, hogy olyan ember még nem született a Földön. Akkor gondolkodtam el azon, hogy akkor én mit keresek mellette. Rájöttem, hogy semmit.

2007-ben költöztem vissza apámékhoz, de addigra már ők is teljesen más megyébe és városba költöztek, jobban mondva Kisbérre. Megint új hely, megint új munkahely: pénzszállítóknál értéktárosként helyezkedtem el Győrben. Akkoriban történt meg az is, hogy apámmal beszélgettem az előző életem kapcsán, majd megmutattam neki a köldökömtől jobbra elhelyezkedő anyajegyemet. Ez maradt meg emlékül a kés után, amit belém szúrtak. Erre ő azt válaszolta, hogy neki azért van tele a háta anyajeggyel, mert részt vett a II. világháborúban partraszálláskor. Elhagyta az aknavetőt útközben, mert nagyon nehéz volt, a parancsnoka meg visszazavarta érte. Ő el is indult megkeresni, de már nem ért vissza élve. Eltalálta egy kézigránát.

Talán egy évet töltöttem velük együtt, mert nem akartam semmilyen hitelt felvenni, pláne nem 25 évre, csak hogy az eladósodott házukat mentsem. Magamat mentettem. 2008-ban elköltöztem a kisebbik bátyámhoz, aki addigra ismét magányossá vált. Így megint ketten tengettük az életünket. Új otthon, munkahely, de most áthelyezést kértem az előző cégemtől, amit meg is kaptam. Itt már nem értéktárosként, ha nem érmefeldolgozóként voltam állandó éjszakában. Nem sokáig bírtam, és három hónap után felmondtam. Segélyből próbáltam egy ideig fenntartani magam és már annyira messzire kerültem a lányomtól, hogy örültem, ha évente egyszer vagy kétszer láthattam. Nagyon nehéz időszak volt így ez is. Társkereső oldalon ismertem meg a harmadik férjemet 2010 tavaszán. Ebben az időben Metothyrint kellett szednem a pajzsmirigyemre, mert túlműködött. Napi három szemet. Szedtem is egy jó darabig. Három hónap ismerkedés után összeköltöztünk egy 36 négyzetméteres panellakásba. Augusztusra sikerült munkát találnom egy bankban, mint fegyveres őr. Nem sok idő múlva azt vettem észre, hogy ok nélkül belázasodom. Jártam vérvételre, ahogy az elő volt írva a pajzsmirigyemmel. Aztán novemberben egy hétfői reggelen telefonált a körzeti orvosom, hogy most azonnal feküdjek be a kórházba, mert annyira rosszak lettek az eredményeim. Kiderült, hogy a gyógyszer szétroncsolta a gerincvelőmet, és gyakorlatilag már semmi nincs a véremben. Se fehérvérsejtek, se jó baktériumok, se vitaminok vagy ásványi anyagok, csak szimplán a vörösvérsejtek úszkáltak egymagukban. A kórházi orvos közölte velem, ha most úgy döntök, hogy inkább hazamennék, akkor nem valószínű, hogy valaha is látjuk még egymást az életben. Én erre csak annyit válaszoltam:

– Maga szerint úgy nézek ki, mint aki innen bárhová is el tud menni? Örülök, hogy itt vagyok!

Három napig étvágyam sem volt. Csak feküdtem a kórházi ágyban és bámultam a szoba ajtaját, hogy mikor jön be rajta egy pap és adja fel az utolsó kenetet. Természetesen kezeltem magam éjjel-nappal és vártam a csodát. Közben kaptam vénásan antibiotikumokat, meg ki tudja, mi mindent még. Negyedik nap örömmel jött be az orvos a szobámba és közölte a jó híreket.

– Képzelje! Találtunk fehérvérsejteket a vérében! Végre újraindult a csontvelőben a termelés.

Akkor úgy éreztem, hogy megint ünnepelhetem egy új, nem tudom hányadik születésnapomat. Mert ugye azokat a malőröket már nem is számolom, hogy hányan próbáltak már elgázolni zebrán, úgy, hogy nekem volt zöld a lámpa. Vagy ehhez hasonló.

Kikerültem a korházból, és nem sokra rá össze is házasodtunk a párommal. Munkahelyet váltottam. Kertészeti áruházban helyezkedtem el. Napi 15 órákat álldogáltam a boltban. Nem volt túl izgalmas. Egyik éjszaka megint valakinek a segítségére kellett indulnom.

Egy fehér szobában találtam magam, ahol egy férfi ült lehajtott fejjel az ablak előtt, és csövek lógtak ki belőle, amiben vér csordogált egy gépen keresztül. Nem láttam az arcát, mert a fekete haja belelógott. Közelebb akartam hozzá menni, hogy megnézzem és segíteni tudjak rajta. Abban a pillanatban elsötétült minden, és egy fekete alak jelent meg előttem. Ráadásul abban a formában, amitől gyermekkoromban a legjobban féltem. Darth Vader, ugyan ki más? Többször meg kellett néznem egy epizódot is, hogy egyáltalán megértsem, hogy miről szolt a film, ugyanis nem mertem felnézni a vetítővászonra, ha ő megjelent. Elém állt, elővette a fénykardját. Erre a váratlan eseményre én is előhúztam az enyémet. Rám nézett és így szólt:

– Ha közelebb mersz menni hozzá, több darabban fognak téged látni a barátaid!

Éreztem, hogy jóval erősebb nálam, majd így válaszoltam:

– Legalább annyit engedj meg nekem, hogy megnézhessem az arcát.

Bólintott, majd átváltozott egy fekete csuklyás alakká. Az arcát nem mutatta, de a kard ott maradt a kezében. Én eltettem a sajátomat, ezzel jelezve, hogy nem szállok harcba vele. Óvatosan elindultam az ember felé, fölé hajoltam, megfogtam a haját, hogy felemeljem, majd megnéztem az arcát. Ijedtemben kimondtam a nevét és felébredtem.

Az unokabátyámat láttam betegen. Úgy gondoltam, hogy ez is bizonyára csak egy rossz álom volt, így nem foglalkoztam vele túlzottan. 2-3 hét elteltével olvastam a Facebookon, hogy 39 évesen meghalt. A temetésen tudtam meg, hogy csak egy veséje volt, ami leállt. Magának frissítette otthon a vérét, mert volt egy saját gépe erre a célra. Igazából a mai napig nem tudom, hogy ki állított meg azon az éjjelen, csak sejtésem van. Eddig még semmilyen hasonló akadályba nem ütköztem, tehát ebből jön az a feltételezésem, hogy ő volt az saját maga, mert már nem akart tovább élni, és erről talán soha nem is beszélt senkinek. Azért nem nagyon tartom valószínűnek, hogy a halál angyala lett volna, mert nekem sem jelent meg a halálom után, és ha meg is jelent volna, csak kellett volna látnom a szárnyait. Arról nem is beszélve, hogy érdekes módon éjszakai utazásaim során egyetlenegy szárnyas lénnyel sem találkoztam, akikre azt tudnám mondani, hogy angyalok voltak.

Egy bolygó kivételével, de őket sem hívnám angyaloknak, inkább fejlettebb emberi lényeknek. Ők már tudják használni a szárnyaikat, fejlettebb civilizációban élnek, mint mi. Náluk nincsenek utak, mert nincs rá már szükség. Házaik és toronyházaik léteznek. Szén-monoxid nélkül élnek, tiszta levegőben. Náluk is van napsütés és vannak felhők, és ők is meg tudnak ázni, mint mi. Nem hordanak semmilyen ruhaneműt, csak egy aprócska ágyékkötőt. Viszont hatalmas, szép, nagy barna szárnyakkal közlekednek a házak között. Mindegyiknek tökéletes fizikai testformája van, mert megtanultak egészségesen élni. A harmadik szemüket olyan tökéletesen tudják használni, mint én a kettőt, különben észre sem vettek volna, hogy ott vagyok. Csak egyszer jártam náluk, és akkor is csak vigyorogtak rajtam, hogy milyen ügyetlenül használom még a szárnyaimat, de ettől függetlenül nagyon kedvesek voltak velem, mikor útbaigazítást kértem tőlük. Ugyanis a lányommal beszéltem meg egy találkozót azon az éjjelen azon a helyen. Megmutatták, hogy hol tudok rá várni, ahol biztos, hogy megtalál, és nem vagyok útban senkinek.

Számomra az a szó, hogy „angyal", már nem létezik. Én egyszerűen csak kifejlett emberi lelkeknek hívom őket, akik más anyagból tevődnek össze, mint hús és vér, mert nem csak ez az anyag létezik az univerzumban. Mondhatnám azt is, hogy tökéletesek. Tehát ha ebből a szemszögből közelítjük meg, hogy kicsoda lehetett az a lény, aki engem feltartott, akkor nem tudom azt mondani, hogy a halál angyala. Viszont tökéletesen tudott alakot váltani. Nem zárom ki azt a lehetőséget, hogy az unokabátyám eredendően már jóval fejlettebb lélek lehetett, mint én most vagyok. Ha ez így van vagy volt, akkor csak büszke lehetek arra, hogy valaha is ismerhettem őt. Az sincs kizárva, hogy ismerte a félelmeimet, mert gyerekkorunkban a nyári szünetekben találkoztunk egy párszor. Volt, hogy heteket töltöttem náluk, és sokat játszottunk és beszélgettünk. Tehát minden lehetséges vele kapcsolatosan. Amit utólag nagyon bánok, hogy nem közöltem vele, hogy ki vagyok, és hogy jó szándékkal jöttem. Lehet, hogy megijedt, mert nem ismert fel és azt hitte, hogy magammal akarom vinni, mert ez is benne lehetett a pakliban. Szóval, ha mindent tisztáztunk volna, lehet, hogy most is élne még.

A 15 órás munka kezdett soknak tűnni. Nem nagyon találkoztam a férjemmel és úgy gondoltam, hogy a békesség kedvéért jobb lesz váltani. Így elhelyezkedtem egy étrendkiegészítőt gyártó cégnél. Ez volt a csöbörből vödörbe. Eleinte 12 órát dolgoztam, majd 17 lett belőle, mert így határozott a munkáltató. Tehát megint jött a váltás. Úgy döntöttem, hogy az egész őrködéssel felhagyok, mert így nincs értelme. Varrodába mentem varrónőnek, a régi orosházi emlékek javára. Az emlékek a varrással kapcsolatban jók voltak, csak a bérezés nem. Legalábbis nem ilyen rosszra emlékeztem. Tehát másfél év után azt is ott hagytam még 2014-ben, miután megműtöttek vakbéllel. Még abban az évben volt egy érdekes utazásom éjszaka, de nem egyedül. Akkori kedvenc színészem Amerikában élt, és számomra a legkedvesebb humorista volt a világon. Hatalmasokat tudtam röhögni a poénjain. Csupa szív volt, azaz ember. De emellett néha a drámát is nagyon jól el tudta játszani. Meg sem fordult a fejemben, hogy bármilyen egészségügyi vagy alkoholproblémái lennének.

Szóval egyik éjszaka azon kaptam magam, hogy olyan házban vagyok, ahol előtte még sosem jártam. Felfedeztem, hogy nem jöttem egyedül. Kedves szegedi tanítványom – vagyis inkább gyógyítótársam – is velem jött. Igencsak meglepődtünk, hogy mit keresünk ott fényes nappal. Aztán feltűnt a színész is a házban. Na, akkor lepődtem csak meg igazán. Nagyon ramaty állapodban volt. Úgy nézett ki, mint aki nagyon sokat ivott. Beszélt magában, mert rajtunk kívül más nem volt ott. Hol nevetett, hol meg sírt, közben a haját birizgálta vagy az arcát nyúzta. Fel-alá szaladgált az otthonában, egyszóval nem lehetett ráismerni. Azt hajtogatta, hogy „hagyjatok békén, takarodjatok a fejemből nem akarlak titeket hallani", aztán meg azt, hogy „engem senki sem szeret". „Mindenki utál, csak mondogatják, hogy szeretnek, közben meg nem. Képmutatóak mind." – És ehhez hasonlók. Aztán jött a dermesztő arckifejezés és úgy gondolta, hogy most öngyilkos lesz. Na, akkor kezdtem el vele ordibálni, mint a sakál, hogy térjen már észre. Ne másra figyeljen, csak rám. Közben a tanítványom is szép szavakkal próbálta győzködni, hogy hagyjon fel a terveivel. Én meg arról, hogy ha ezt most megteszi, utána minden rosszat, ami eddig volt az életében, kezdhet elölről egy újjászületéssel. Azzal, hogy öngyilkos lesz, csak tetézi a dolgokat. Nem tudom, meddig győzködtük, hogy menjen inkább elvonóra, abban sem vagyok biztos, hogy hallott vagy látott minket, de valamit mégis elértünk akkor és ott. Letett a szándékáról. Olyan szobában zajlott ez a dolog, ahol a falakat faburkolat veszi körbe. Megnyugodott, öszszetekerte a szíjat a kezében, majd leült a fotelba és csak bőgött szegény. Aztán távoztunk.

Pár napra rá olvastam a neten, hogy bevonult elvonókúrára. Akkor nagyon megnyugodtam, mert azt hittem, most már minden rendben lesz. Aztán pár hét múlva megint nála találtuk magunkat.

Sajnos már későn érkeztünk. Teljesen elborult az agya. Már abszolút nem érdekelte senki és semmi. Nem lehetett vele beszélni. Most a társam ordibált vele, de semmilyen reakciót nem mutatott. Én már meg sem próbáltam vele kommunikálni, mert láttam rajta, hogy semmi értelme. Mindennek ellenére még csak ittas sem volt. Teljesen józanul és tisztán hozta meg ezt a döntést. Nem ordibált, és már nem hadakozott senkivel. Egyszerűen csak tette dolgát: azt, amit ő akkor helyesnek látott. Én meg csak álltam, és néztem tehetetlenül.

Most pedig egy alumínium alkatrészeket gyártó cégnél dolgozom, Chiron gépeken, már nyolcadik éve. 2015-ben ismét – miután már egy éve az új cégnél dolgoztam – bekerültem egy kórházba, mert tályogrendszer alakult ki a medencémben. Természetesen az orvosok nem mondták meg, hogy mitől lehetett, de sejtettem, hogy a műtétemnek köszönhetően, mert mindig azt hittem, hogy azért fájdogál, mert biztos időváltozás jön. Én kis naiv. Meg sem fordult a fejemben, hogy esetleg a műtéti eszközök nem voltak jól lefertőtlenítve. Egy hétig nyomtam a kórházi ágyat. Mindennap háromféle antibiotikumot kaptam vénásan, mert nem tudták, hogy melyik fog hatni. Szóval nehézségek árán, de ismét sikerült életben maradnom.

Szinte minden évben járunk nyaralni. A lányom már felköltözött Esztergomba és neki is van munkahelye, albérletben lakik. A kisebbik bátyámnak ismét helyre jött az élete abban az évben, amikor nekem. Idén újra nősül. Jobb később, mint sosem, annak ellenére, hogy ők is már a tizenkettedik évüket tapossák együtt. A nagyobbik bátyám is házaséletet él, már vagy 22 éve.

Az a bizonyos Atlantisz

2016-ban megint elkapott a depresszió, mint már oly sokszor az életem során, amit mindig sikerült leküzdeni, de már megúntam. Ez az az érzés, mikor teljesen üresnek érzed magad, és senki és semmi iránt nem érzel semmit. Mintha kiégtél volna belülről, és csak a nagy sötétséget érzed a lelkedben. Még csak egy gyertyalángot sem vélsz felfedezni magadban, vagy esetleg szikrát. Egyszerűen nulla, semmi. Csak a hidegség árad belőled, és a közömbösség. Akkor mondtam azt, hogy most volt elég. Igazából okom sem volt arra, hogy így érezzek. Hiába reménykedtem, hogy majd az esetleges őrangyalom segít, vagy az az egy isten, hogy leküzdjem, mert akkor még hittem ezekben a dolgokban. Semmilyen segítséget nem kaptam. Akkor kezdtem el azon gondolkodni, hogy egyáltalán jófelé imádkozom? Tényleg csak ő az egyetlen? Egyáltalán honnan ered a vallás? Kutakodni kezdtem több napon és héten keresztül. Akkor találtam rá a sumérokra és minden más egyébre. Majd szépen apránként a második film is kezdett bennem összeállni. Engem mindig is zavart a tény, hogy a német nagymesterem Atlantiszról úgy beszélt, mintha a Földön lett volna. Sőt írt róla könyvet is. *Atlantisz angyalai* és *Atlantisz mestertudása*. Éreztem, hogy itt valami nagyon nem stimmel ezzel kapcsolatban, mert papnőként éltem ott, amit ő is alátámasztott, de napsütést sosem láttam, mert nem volt rá szükségünk. Szóval a depressziómnak köszönhetően gondoltam úgy, hogy lesz, ami lesz, ennél rosszabb már nem lehet, és elfordultam attól a bizonyos egy istentől és átfordultam egy másik, ma is létezőhöz. Ezzel lemondtam az ismétlődő újjászületésről és az ismétlődő agymosásokról. Bevallva őszintén, rettentően féltem, hogy mi fog ezután történni, de már ez sem érdekelt igazán. Érdekes módon elszállt a depresszióm, és egyáltalán nem éreztem magam többet egyedül. Sőt olyan szeretet vett hirtelen körbe, amilyet azelőtt sosem éreztem. Azt mondtam, hogy ilyen nincs. Miért nem csináltam meg ezt hamarabb? Ennek már hat éve. Azóta sem estem depresszióba, és egyéb más rossz mellékhatások és érzések is megszűntek. Térjünk arra a bizonyos Atlantiszra, és a saját emlékeimre. Amit a könyv leír, sok minden igaz belőle, de sok minden nem. Nem ugyanarra az istenre emlékezünk a volt mesteremmel, ez már fix a számomra. De kezdjük az elejétől!

Volt egy másik dimenzió, és benne egy bolygó, ahol istenek, vagy is kifejlett lelkek éltek együtt harmóniában és békében. Az apró növésű gyermekek lelke tökéletes volt, csak a testnek kellett teljességében megnőni. Erre jó példa a krokodil és a kígyó. Nőnemű istenek is szültek gyermekeket lágy burokban, amik képesek voltak egymagukban növekedni és fejlődni azáltal, hogy a környezetükből kinyerték a nekik szükséges tápanyagokat. Tehát a kihordási idő kevesebb volt, és így nem létezett fájdalmas szülés sem. Az ő utódaik voltak a gyermeki istenek. Természetesen minden család őrizte a maga kis tojásait, és sosem hagyták felügyelet nélkül. Mikor az apróságok elérték a kellő érettséget, kibújtak a burokból és bármire képesek voltak. Járni, repülni, beszélni és erejüket használni – csak mindezt kicsiben.

„Az egyiptomiak egyik teremtéstörténete az úgynevezett őstojás-mítosz. Az ókori néphiedelem szerint több isten is tojásból született, a világ maga is egy tojásra hasonlít. E hit oly erős volt, hogy a fáraók földjén sok olyan sírt tártak fel régészek, melyekben tojásokat tettek az elhunyt mellé. Úgy vélték ugyanis, hogy ez az útravaló segíti majd a túlvilágra, vagyis a tojás belsejébe való átkelést."

„A hermopoliszi teremtésmítosz békaként, vagy békafejű férfiként ábrázolja Nunt, aki az egyiptomi művészetben szakállas, kékzöld bőrű férfialakként is feltűnik, női megfelelője, Naunet pedig kígyóként vagy kígyófejű nőként jelenik meg. E mítosz központi motívuma az Ogdoád, azaz a négy istenpár (egy-egy hím és nőnemű) által alkotott nyolcasság. Nun és Naunet mellett Kuk és Kauket, Huh

és Hauhet, illetve Ámon és Amaunet. A nyolc istenség a Nunból ki-
vált dombon álltak; ezen elhelyeztek egy tojást, amely életet adott
Ré-Atoumnak."

Helené (Szép Heléna) a görög mitológiában Zeusz és Léda leánya. A
Dioszkuroszok és Klütaimnésztra testvére, aki egy tojásból kikelve
született Lakedaimón városában.

Senki sem volt áttetsző lény, csak éppen nem hús-vérből tevőd-
tünk össze, hanem egy teljesen más anyaggal voltunk bevonva,
és nem vér csordogált az ereinkben. Ebből kifolyólag nem léte-
zett úgynevezett vérfertőzés. Ezt a szót ott senki sem ismerte.
Ettől függetlenül, ha akartuk, éreztük a másik érintését vagy
akár a saját fizikai fájdalmunkat is. Viszont fizikálisan táplá-
lékra nem volt szükség, de magára a táplálék forrására igen,
hogy kinyerjük belőle azt a bizonyos energiát, amit az akkori
szervezetünk megkívánt. Ha jómagam éhes voltam, csak gon-
doltam egy bizonyos gyümölcsre, és máris a hasamban érez-
tem nyelés vagy rágás nélkül. Egyszerűen ott termett, és kész.
A szexuális vággyal ugyanez volt a helyzet. Ha nem kívántam
magát az aktust vagy érintést, csak koncentrálni kellett rá, és
máris körbevett az a bizonyos kielégítő energia és addig élvez-
tem, ameddig csak akartam. (Aki látta az *Egyiptom istenei* című
filmet, annak könnyebb lesz az isteneket elképzelni.) Én, mint
papnő, Anubisszal dolgoztam. Többször is találkoztam vele,
és ha tanácsra volt szükségem, mindig hozzá fordultam. Na-
gyon kedves, intelligens, okos isten volt már akkor is, egészen
addig, amíg fel nem dühítette valaki vagy valami. Sosem a mi
élővilágunk dühítette fel. Voltak más, különböző élővilágok,
amiből kifolyólag voltak konfliktusai. Azt hiszem, ez a tulaj-
donság bármelyikünkről elmondható. Én már akkor is nagyon
kedveltem, tiszteltem és ragaszkodtam hozzá. Legfőképp sa-
kálfejjel jelent meg mindig nálam, és vagy három fejjel volt ma-
gasabb nálam. Daliás, izmos testet viselt, és általában úgy volt
felöltözve, mint egy gladiátor, aki harcra kész. Természetesen

pajzs nélkül, ha hozzám jött. Ettől függetlenül emberi formát is magára tudott ölteni, ha akart, de tudta, hogy mi az én kedvenc formám. A bolygót sosem érintette napfény. Minden egyes gyermeki istennek és az isteneknek megvolt a maga fénye, de ettől függetlenül volt egy fő Istenünk, aki az egészet felügyelte, és neki volt a legnagyobb fénye, ami acélkéken ragyogta be az egész bolygót. Össze voltunk kötve egy láthatatlan szállal vele és mindenki mással. Ha valakinek esetleg fájdalma vagy szomorúsága lett volna, azt mindenki érezte ezen keresztül. Istenek felügyeltek a békére, harmóniára, jólétre, szaporodásra, igazságszolgáltatásra, hadseregre, papokra stb. Tehát mindenkinek megvolt a maga feladata. Ezeket a feladatokat sosem kényszerítették senkire. Aki akarta és illett hozzá a szerep, elvállalta, ha nem akarta, nem vállalta. Kevés olyan isten volt, aki nem csinált semmit, mégis megtehették, mert sosem volt kényszer senki számára munkát vállalni. Mindenki azt csinált, amit akart. Na, ez volt az igazi szabad akarat. Ha szükségem volt valamire, mondjuk a templomomba egy kristálytömbre, akkor elmentem a megfelelő „boltba" és elmondtam, hogy mire van szükségem. Semmiért nem kellett fizetni semmivel. Ha volt, adtak, ha nem, később visszamehettem érte, mert beszereztek egyet. De ha nem felelt meg a célnak, mert mondjuk túl nagyra sikeredett és nem fért be az általam elképzelt helyre, akkor fogtam és egyszerűen visszavittem oda, ahonnan hoztam. Ez volt a feltétele a „vásárlásnak", amit mindenki ismert. Felesleges felhalmozás nem létezett. Voltak űrhajóink, fénykardjaink, fénypajzsaink, és mindenféle hadászati eszközzel rendelkeztünk, amire csak szükségünk volt. Közlekedési eszközeink, amiket az űrben használtunk, kristályhajtással működtek. Nekem is volt űrhajóm, akit egyben kedves barátomnak is nevezhetnék, mert saját tudattal rendelkezett. Csak rátettem a tenyeremet a műszerfalra és máris tudta, hogy hová akarok menni, milyen gyorsasággal, valamint azt is tudta, hogyan érzem magam abban a pillanatban, szorulok-e valamilyen segítségre, egyszóval mindent ki tudott olvasni a tenyeremből. Kerek formával rendelkezett, hatalmas, áttetsző kupolával, és ha szükséges volt, fegyvert használt vagy pajzsot, és láthatatlanná is tudta varázsolni magát. Minden évben egyszer tartottunk egy hatalmas ünnepséget Atyánk tiszteletére. Olyankor minden női istenség – akár férjes volt, akár nem – alaposan megtisztította magát, majd felvette a legszebb ruháját és a legszebb sminkjét. Összegyűltünk az Ő temploma előtt a téren és vártuk, hogy ki lesz a szerencsés befutó. Azon a napon az Istenünk mindig választott magának egy arát, akivel egybekelt, és aki utódot is nemzett neki később. Nem létezett féltékenység semmilyen formában. Nekünk, nőknek, ez volt a legnagyobb megtiszteltetés. Természetesen a férjek sem voltak féltékenyek, mert ahhoz, hogy tökéletes lelket tudjon teremteni, Atyánknak mindig szüksége volt egy női istenre, enélkül nem létezik teremtés. Ő a lelkeket adta, mi, párok, a testet. Mi nem tudtunk önmagunkban lelket teremteni, sem párokban. Ehhez Ő kellett, ezért volt felettünk álló és hatalmas. Ahhoz, hogy minden léleknek különböző tulajdonsága legyen, kellettek a különböző istennők. Tehát nálunk ezért nem volt szövőszék, mint odaát, a köztes világban. Gyakorlatilag itt mindenki szeretett mindenkit. Együtt sírtunk, együtt nevettünk, és ez volt a lényeg. Soha senki nem hagyott cserben senkit. Összetartóak voltunk. De mind közülünk Atyánk volt a legodaadóbb. Mindennél és mindenkinél jobban szeretett minket, amit nap mint nap éreztetett is velünk. Természetesen szaporodtunk szép számmal az évmilliók során. Így Atyám a magvakat vagyis a lelkeket elszórta a Földön is és különböző más bolygókon és dimenziókba is. Így rám jutott az a feladat, hogy figyeljem a Földet akár közelről, ha kell, menjek is le és tanítsam az embereket, hogy minél hamarabb kifejlődjenek, mint istenek vagy akár a templomomból a gömbömön keresztül, de a fél szemem mindig rajtuk legyen. Erre a feladatra nem csak én vállalkoztam, hanem sok más istenség is. Voltak, akik leköltöztek közéjük, de eleinte nem félistenként. Megvoltak a megfelelő eszközök arra, hogy valódi alakjukban is meg tudjanak jelenni, vagy akár láthatatlanok legyenek az emberi szem számára. A félistenek csak később jelentek meg, más okból kifolyólag.

Úgy éreztem, hogy ezt a képet muszáj ide most beillesztenem. Azt hiszem, talán már sokan találkoztak valamilyen formában ezzel a hieroglifával. Most megpróbálom elmagyarázni a saját csekély tudásommal, bár nem vagyok ezen a területen szakértő. Akkor kezdjük balról jobbra. A kacsa feje mutatja az irányt. A kacsa mögött látható egy gömbszerű forma, ami az isteni lelket szimbolizálhatja esetünkben. A gömb a teljesség, vagyis tökéletesség megformálásának jelképe. A kacsa maga Geb, a Föld istene, tehát maradjuk a Földnél. Majd az ovális keretben látunk egy szerkezetet, ami mellett Anubisz ül. Nem, az nem pálinkafőző üst még véletlenül sem, és nem iszogat szegény Anubisz bánatában. Róla mindenki tudja, hogy az alvilág ura, tehát ebből következik, hogy ami mellett ül, az még nem élő valami. Tehát a szerkezet egy „inkubátor", amiben mesterségesen előállított test lakozik még lélek nélkül, de az isteni lélek már jelen van gömb formájában. A gömb szimbolizálhatná a méhlepényt is, de azt kisebb formában ábrázolták, és vízszintes csíkokkal a belsejében. A szerkezetnek nem tudok nevet adni – esetleg a Frankenstein című filmben, amit 1994-ben újra feldolgoztak – látható jól

valami hasonló készülék. A következő képet kezdjük fentről le-
felé. Egy tálat láthatunk. A tál jelképesen Nehpthys istennőhöz
tartozik. Az ókori egyiptomi vallásban és mitológiában Neph-
thys nemcsak a halál, a romlás és a sötétség istennője volt, ha-
nem nagy gyógyítóerővel rendelkező varázsló is. Alatta a két
vonal: két különálló réteg homok alatt magvak. Tehát két kü-
lön test összetalálkozása. Alatta pedig az, amit én Met-nek for-
dítottam, legalábbis aszerint, amire hasonlíthatnak. Met szó
jelentése: metabolikus ekvivalencia. A test által elfogyasztott
energia mennyiségét fejezi ki. 1 MET = A nyugalomban mért oxi-
génszükséglet, az alap anyagcsere oxigénigénye. Viszont szim-
bolizálhatják magát a férfit is. Az egyik emberi, a másik isteni
eredetű. Tehát férfi testben férfi lélek. És ha mindezt összeke-
verjük egy tálban, születik meg az ember, ami most jelképesen
méhet ábrázol. Mindenki tudja, hogy kellőképpen szorgosak és
összetartóak, de ezen kívül jelentheti a védelmet, termékeny-
séget, regenerációt, és a túlvilági újjászületést is. Csak annyit
fűznék hozzá, hogy a léleknek, mint mondottam, vannak szár-
nyai, és azt is mondtam, hogy az emberi testet úgy kell elkép-
zelni, mintha a lélek be lenne bábozódva, mint egy bogár, csak
idő kell és sok tanulás, hogy kifejlődjön istenként. A méh alatt
egy sütemény látható, tehát valami megteremtődött, elkészült
esetleg. Menjünk tovább! A süteményen egy lótusznak látszó
dolgot véltem felfedezni. Mondanom sem kell, hogy mindennek
néztem, csak virágnak nem. Skorpiótól kezdve bárminek is. A
lótusz a szellemi felvilágosodást és az újjászületést szimbolizál-
ja. Ha viszont skorpió, ami Szehmet istennőt jelképezi, akkor
eredetileg az istenítés volt a feladata. Ezen kívül lehet még „su"
vagy „sema": fent vagy valaminek a tetején, illetve ég, vagyis
fent az égen. Az utána lévő ábrákat vagy harcászati eszközöket
mindenki felismeri. Csak azt sajnálom, hogy nincs befejezése a
hieroglifáknak. Igazából bármit bele lehet látni és olvasni ezek-
be a szimbólumokba, de egyvalamit nem lehet eltéveszteni: ma-
gát a szerkezetet. Gondolom, egy kémikus is másképp látja és
fordítja le magának az egészet, de lényegen, ez nem változtat
semmit. És ha még közelebbről megnézzük a „faragást", akkor

jól kivehető a tökéletes, szimmetrikus ábrázolás. Nem hinném, hogy abban az időben ezt ilyen jól meg lehetett oldani kalapáccsal és vésővel, vagy bármi egyéb hasonló, elmaradott eszközzel. Én maradok a lézeres megoldásnál. Mikor az emberek kellőképpen elszaporodtak, erre a szerkezetre már nem volt szükség, de a lélekre természetesen igen.

Idézet az Ébredezők oldaláról.

Itt teljes tökéletességében ábrázolják az életet a Földön abban az időszakban, egy-két kivétellel. Földön a reinkarnálódást még a kezdetekben nem úgy kellett elképzelni, ahogy most megy a napjainkban. Ha a lélek, vagyis az ember, azon belül egy főpap, elért egy bizonyos szintet, fogott egy beprogramozott kristálykoponyát, lefeküdt, és beletöltötte gyakorlatilag a saját lelkét annak minden tudásával és tulajdonságával a koponyába, majd a mellette genetikailag előállított és számára megfelelő testbe maga a kristálykoponya átküldte. Ezt a feladatot a főpapok végezhették el embereken, vagy a felettük álló istenek. Egy idő után már az emberek maguktól szaporodtak, és a szülésnél a főpap és koponya mindig jelen volt, hogy a lélek azt a testet kapja meg, amit magának kiválasztott. Mindig a fejlettségi szintjének megfelelőt. Tehát nem erőszakolták bele egy általuk elképzelt és megformált testbe vagy formáltatott testbe, mint manapság megy. A **szabad akaratot** nem lehetett megsérteni. Ez egy **alaptörvény** máig is. Jómagam nem emlékszem, hogy Atyám leköltözött volna a Földre, de más istenek természetesen igen. Mint például ul Enki *(Később Ea vagy Ae néven ismerték az akkád (asszír-babiloni) vallásban, és egyes tudósok a kánaáni vallásban Ia-val azonosítják. A név Aos lett görög forrásokban (pl. Damascius), és testvére* Enlil. 445 000 évvel ezelőtt. Az Ebla Táblák is erről beszélnek. Az ősi Ebla Szíria északi részén volt, kb. félúton a modern Hamath és Aleppo városoktól. Az ásatások ezen a részen a '60-as években kezdődtek meg, és a '70-es években egy sor különleges táblát találtak az ősi hely romjai között. Ezeket az írótáblácskákat Ebla Tábláknak nevezték el. 17 000 darabot találtak belőlük. Úgy is nevezhetnénk őket, hogy táblákba rejtett valós Biblia.

„Az egyik legnagyszerűbb civilizáció alapítója, Thot félisten, Atlantisz tudását mintegy 30 000 évvel ezelőtt hozta el Egyiptomba. Terve az volt, hogy egy szuperkultúrát hoz létre, elültetve az „égi tudás", a bölcsesség magvait egy új korszakban, egy új, kiválasztott földön. Különböző misztériumiskolát alapított és hozzájuk kapcsolódó papi rendeket hozott létre, és ezek voltak hivatottak a tudást megőrizni. Ezen keresztül befolyást gyakorolt Egyiptom vallási és kulturális életére is, és ezzel tette naggyá az országot. Az egyiptomi civilizáció létét, egyáltalán a fennmaradását nem a fáraó intézménye biztosította, hanem a papság. Egyiptom papjai a templomokban éltek. Gyógyítók voltak, tanítók, írnokok, próféták, mágusok. Szüléseket vezettek le, ők végezték a halottak mumifikálását stb. Külön kategóriát alkottak a bizonyos polgári foglalkozással együtt járó papi címek; a bírák például Maat istennő istenszolgái voltak, az orvosok pedig a megszemélyesített varázserő, Heka papjai. Ők voltak minden tudás gyűjtői és őrzői, azaz a vallás és a tudomány ebben a korban egyet jelentett. A legmélyebb tanokat ezoterikus titokként kezelték. A misztériumiskolák tagjai a nép közül kerültek ki, ám olyan szigorú próbatételeken, szűrésen mentek keresztül, hogy csak igazán arra érettek válhattak később igazi beavatottá, adeptussá. A beavatási központok okkult ereje különleges tökéletességet adott a beavatott kiválasztottnak. Az ilyen főpapokat tökéletes lelkeknek, baw-nak nevezték. A nagy Látó névvel a beavatási központ legfontosabb főpapját illették, aki saját tapasztalatai alapján szerezte meg a titkos mágikus tudást. Ilyen volt pl. a lépcsős piramis tervezője és megalkotója, Dzsószer fáraó főépítésze, Imhotep is. Ezek a papok, papnők mai szemmel nézve emberfeletti képességekkel rendelkeztek, valódi látók voltak, képesek voltak más dimenziók lényeivel kommunikálni, sőt később ők is lényekké, „félistenekké" alakultak, azokká, akiket ma az egyiptomi mitológiából is ismerhetünk. Természetesen ezek a spirituálisan fejlett emberek nem tévesztendők össze a valódi félistenekkel, akik valójában földönkívüliek voltak. A misztériumiskolák az egyes templomokhoz, templom-komplexumokhoz tartoztak, mindegyikben mást és mást tanultak a neofiták, és mindenhol másfajta beavatást kaptak, más és más fajta energiákból töltekezhettek. Minden templom valójában a mitikus ősdomb helyén épült, mely a

Nun-ból, az ősvízből emelkedett ki a teremtés kezdetének pillanatában és e domb legmagasabb pontjára szállt le az első istenség, Atum, egy madár formájában. A későbbi falak e magaslati pont köré épültek, mely így az isten szentélyévé és menedékévé vált. Az épületet vagy az Univerzum mikrokozmoszának tekintették, vagy a menny tükörképének, esetleg egy roppant szarkofágnak, melyben mindennap lejátszódott a napisten újjászületésének csodája. Minden egyes templomépület bekeretezi az égbolt egy meghatározott részletét, és abból az adott részletből a bolygóknak és a csillagoknak az energiáit hívja be. Mivel ezek az idő múlásával mindig arrébb vándoroltak az égen, az egyiptomi templomokat többször is átépítették. Az atlantisziak tudásának nyomain haladva a papság számára egyértelmű volt az Univerzum működése. Tudták, hogy az Univerzum hogyan uralható, hogyan hozzáférhető, és hogyan lehet belőle energiához jutni. Ehhez az egyiptomiaknak megvoltak az eszközeik: segítségül hívták igen fejlett csillagászati és matematikai ismereteiket, valamint az asztrális geometriát – éppúgy, mint a piramisok építésénél, hogy olyan épületeket és formákat hozzanak létre, amelyek a formájuknál, anyaguknál és méretüknél fogva bejuttatják az energiákat, és olyan technikai eszközökkel rendelkeztek, amelyeket a félistenektől kaptak. És hogy mi volt mindezzel a cél? Azért fejlesztették magukat, hogy felszínre hozhassák az emberben szunnyadó isteni lényt, azokat a képességeket, amivel mindannyian rendelkeztünk, hogy tökéletesítsék magukat, megértsék az Univerzum működését, azt, hogy miért születünk le, miért öltünk emberi testet, és milyen utat kell végigjárnunk különböző inkarnációink során, és hogy a mindenkori megtapasztalásaink által hogyan gazdagodik a Teremtő."

Így teltek-múltak az évek, évszázadok, évezredek. Egészen addig, amíg a gömbömben fel nem fedeztem egy fehér, aprócska kis foltot, ami semmi jót nem jelentett. Beférkőzött a gyíkszemű az emberek közé, ezzel megtanítva őket a gyűlöletre, féltékenységre, haragra, félelemre, és minden más egyébre, ami nálunk még addig ismeretlen volt. A legnagyobb fortélyukat kijátszva el tudták hitetni, hogy valójában nem is léteznek. Így szép lassacskán egymást kezdték az emberek öldökölni. Az isteneket nem sikerült átverniük. Őket szimplán elrabolták egy agymosásra, hogy rabszolgákat csináljanak belőlük. Felvették az alakjukat, amiből nem volt nehéz utána konfliktushelyzeteket kialakítani emberek és istenek között. *„Dumuzi (görög Adonisz) Uruk I. dinasztiájának uralkodója a sumer királylistákon. A Dumuzi végzete című siratóénekben a déli rekkenő hőségben a nyája mellett álomra dőlt Dumuzi megálmodja baljós végét, s az Alvilág ördögei magukkal ragadják. Később párja utánamegy. Az Innin alvilágjárása című eposzban Innin az Alvilágba indul. A hét kapun áthaladva megfosztják ékességeitől, a termékenységi jelképektől, elítélik és karóba húzzák. Követe az érdekében sorra járja Sumer szentélyeit. Enki segít rajta: két alakocskát teremt, akik az élet füvével és vizével kiszabadítják az istennőt. De Inninnek helyettest kell állítania maga helyett az Alvilágban, mert az Alvilág istenei csak úgy engedik vissza a földre. Innin végigjárja templomait, de egyik férfipárjától sem akar megválni. Dumuzi azonban távollétében megcsalta, ezért őt küldi helyettesül. Az ördögök csak hosszú üldözés után fogják el Dumuzit, s magukkal viszik. Ezek után fél évig Dumuzi, fél évig Innin lesz az Alvilágban.*

A görög mitológia világa eléggé összetett. Tele van szörnyekkel, háborúkkal, intrikákkal és kotnyeles istenekkel. Emellett vannak a hősök, akik segítenek az embereknek felülkerekedni ezeken a problémákon. Az emberek persze sokkal nagyobbak voltak akkoriban, ám a görögök nem láttak nagy szakadékot a történelmük és a vallásuk között. A görög istenek egyetlen dologtól félnek: az aranyagancsú szarvas vérétől, amely eltörli az ereikben keringő folyadékból, az ikhórból nyert halhatatlanságukat."

Ezekkel az idézetekkel csak azt akartam sugallni, hogy minden mítosznak, legendának vagy néha mesének van némi alapja.

Nekik csak arra az energiára volt szükségük, amit egy lélek vagy isten kibocsájt magából, mint fő táplálék. Legyen az szenvedéssel vagy fájdalommal dúsított, vagy haraggal, vagy akár félelemmel, annál erősebb lesz az energia. Bárkinek fel tudták venni az alakját, de túl sokáig azt a formát nem tudták tartani, mert a földi körülmények számukra nem voltak teljesen elfogadhatók, és olyan lélekkel sem rendelkeztek, mint mi.

Gyakorlatilag ennek köszönhetően érzéketlenek és gyarlók is voltak. Ezért inkább a láthatatlanságot alkalmazták sűrűbben. Ekkor kért meg Atyám arra, hogy állítsak fel egy olyan emberi hadsereget, amihez nem szükséges a lélek. Sikerült nehézségek árán olyan vegyületet összeállítanom, ami erre képes. Gyakorlatilag hullákat kellett feltámasztanom, de nem tudtam, hogy milyen lesz a reakció, mert ilyet azelőtt még senki sem művelt. Azért használtam már halott emberi testeket és nem genetikailag előállított új testeket, mert sokkos állapotot idézhettem volna elő bennük, aminek az lett volna a következménye, hogy egy új lélek beköltözésével esetlegesen ezek a rossz emlékek megmaradnak, és utána már használhatatlanná válnak egy egészséges életformához. Mikor elkészültem vele, elindultunk egy jó páran a Föld felé, hogy leteszteljük a vegyületet. Természetesen egy zászlóaljnyi hűséges katonával együtt, akik önként vállalkoztak erre a feladatra, mint istenek. Emellett tudtuk alkalmazni a többszörös kivetülést is. Egy tucat hullát fektettek le elém a homokba, amik már igencsak oszlásnak indultak. Elsőként az arcukat kentem be vele, hogy magukhoz térjenek, és utána megitattam velük az áttetsző, méregzöld italt. Összegyűltek az istenek a zombik köré, és várták a hatást. Szobek, a krokodilfejű hadisten kiadta a parancsot:

– Felkelni!

Mondanom sem kell, hogy volt, amelyiknek sikerült, és volt, amelyik fekve maradt, vagy csak felült ijedtében. Majd Szobek így folytatta azoknak, akik képesek voltak felállni:

– Balra át!

Itt már még zűrösebbé vált a dolog. Nem tudták, melyik a jobb kezük és melyik a bal. Volt, amelyik csak körbe-körbe forgott maga körül. Majd folytatta a parancsosztogatást a hadvezér:

– Jobbra át!

Itt már mindenki látta, hogy ez egy elveszett ügy. Szerencsére ez a kétségbeesett hadművelet csak négy órába tellett, mert a szérumnak elszálltak a hatásai és mindegyik holtan esett össze – már amelyik egyáltalán képes volt felkelni. Rájöttünk arra, hogy egy testet lélek nélkül nem lehet irányítani, mert egyáltalán nincs tudata önmagában. Szomorúan tértem vissza a bolygónkra a rossz hírekkel. Nem tudtam, mitévő legyek. Bementem a templomomba és leültem a székembe, közben mindenféle színű tűzgolyókat eregettem a tenyereimből, amikkel játszadozni kezdtem, mint valami zsonglőr, szépen, lassan, és csak töprengtem. Aztán jött az ötlet, hogy mi lenne, ha mi is lemennénk a Földre, akik még fent maradtunk, mint istenek, emberi formában, és háborút indítanánk velük szemben? Tudtam, hogy ezzel nagy veszélynek tenném ki magunkat, mert ha az ellenség kezébe kerülünk halálunk után, onnan már nincs menekvés. Jön az agymosás, hogy elfelejtsük, honnan jöttünk és mit keresünk valójában a Földön, ezzel belépve a táplálkozási láncukba – ki tudja meddig. Talán sosem térhetünk vissza többet a szeretteinkhez és a családunkhoz. Viszont ha szerencsével járunk és sikerül a még fejletlen lelkű embereket is esetleg háborúba hívni, akkor talán van kiút, mert a szabad akarat mindenhol létezett. Tudtam, hogy ez még nagyobb veszélyt jelent, mert ha egyet is elkapnak belőlük, annak még nagyobb a valószínűsége, hogy sosem fog többet visszaemlékezni, hogy miért is született és merre tart. Ezzel az ötlettel fordultam kedvenc tanácsadómhoz, Anubiszhoz. Meg is jelent a kertemben, elmondtam neki az ötletemet, bár nem volt tőle elragadtatva, és hirtelen nem tudott mit válaszolni. Mondtam neki, hogy kérje ki Thotnak, a bölcsesség istennek véleményét. Ha ő rábólint, akkor valószínű, hogy neki sincs jobb ötlete, és ha igent mond, azt is kérdezze meg, hogy nekem is szükséges-e mennem a Földre csatázni. Közben nézegettem a kristálygömbömet, hogy mennyi embert tettek már tönkre és vitték magukkal a lelküket, és a fehér fény csak egyre nőtt és nőtt a gömbben. Mikor Anubisz visszatért hozzám szomorú arccal, akkor tudtam, hogy Thotnak sincs jobb ötlete. Csak annyit kérdeztem, hogy én is kellek-e oda. Bólintott, hogy igen, ha eljön az idő. Nekem is volt családom. Két fiam. A szüleim és a férjem már a Földön laktak, hogy segítsék az emberek fejlődését, így világos volt számomra, hogy nem lesz maradásom. Anyám csillagászattal foglalkozott és a világegyetemmel, ezen kívül az idő fogalmával és a napok múlásával. Apámat ókori egyiptomi istenként tisztelték, aki tagja volt a héliopoliszi Enneádnak. Az Enneád vagy Nagy Enneád egy kilenc istenségből álló csoport az ókori egyiptomi vallásban, akiket Héliopoliszban imádtak. A kilenc isten: a napisten, Atum; a gyermekei, Su és Tefnut; az ő gyermekeik, Geb és Nut; és az ő gyermekeik, Ozirisz, Ízisz, Széth és Nebethet. Az Enneádba néha beletartozik még Ozirisz és Ízisz fia is, Hórusz.

Apámnak volt köszönhető a bő termés, a friss víz, vagy akár földrengés vagy szárasság. A férjemet tisztelték, mint olyan istent, akivel nem árt „jóban lenni". Az egyiptomiak a zűrzavart bizonyos mértékig elfogadták, mint az élet velejáróját, és nélkülözhetetlennek tartották az élet rendjéhez. Ő volt a „szükséges rossz". Ugyanis ha az emberek mindig csak a jót kapták volna, akkor sosem tudtak volna különbséget tenni jó és rossz között. A gyermek sem hiszi el, hogy neki rossz lesz, ha elütik az úttesten, egészen addig, amíg nem lát az úton egy kimúlt állatot. Reménykedve és várakozással telt az idő a bolygónkon. Kezdett mindenki egy kicsit feszült és ideges lenni. Meglátogattam a paptársaimat és sírások közepette elbúcsúztunk egymástól, majd gyermekeimet, és tőlük is búcsút vettem, és mindenki mástól, akiket csak közelebbről ismertem és szerettem. Egyik nap, mikor a kertemben sétálgattam, egy iszonyatos fizikai fájdalom hatolt belém a hasam tájékán, majd sírásba kezdtem, mert úgy éreztem, hogy a lelkem is majd' megszakad a fájdalomtól. Nem értettem, hogy mi történt. Majd fejben tettem fel a kérdést, hogy mi volt ez. Jött is a válasz gondolat útján Atyánktól:

– Valakit megöltek!

– Mi az, hogy megöltek?

Nem tudtam még akkor, hogy mit jelent ez a szó.

– Jogtalanul elvették valakinek az életét.

Abban a pillanatban mindenki tudta, hogy most kezdődött el a visszaszámlálás. Nem sok időnk van hátra evakuálni, akit csak lehet. Ellenségünk minket is megtalált, és elviszi, akit csak lehet, vagy megöli a testét, hogy a lelkéhez férjen így vagy úgy, mert a lélek halhatatlan. A mi dimenziónkban nem tudtak láthatatlanná válni. Anubisz megjelent nálam köpenyben, eltakarva arcát, megfogta a kezem és magához rántott, majd a következő pillanatban Atyánk templomában találtam magam vele együtt. Bevitt egy különterembe, ahol programozni kezdett egy koponyát a tenyerében. Ebben a szobában volt egy ágy és egy gépi szerkezet, ami úgy nézett ki, mint egy szarkofág. Kérdeztem tőle, hogy most mit programoz.

– A te nevedet és tulajdonságaidat, ugyanis nem akarom, hogy ilyen formában menj le a Földre. Azonnal felismernének. Férfit csinálok belőled, de az erődet és tudásodat teljes mértékben meghagyom, hogy legyen erőd szembeszállni velük, és természetesen hús-vér ember leszel külsőre. Gyakorlatilag meg félig ez, félig az.

Ezt a technikát csak kifejlett lelkeknél vagy is isteneknél lehetett alkalmazni. Fejletlen lelkeknél ez már zavart okozott volna, ami abban nyilvánult volna meg, hogy a lélek nem tudja eldönteni, hogy neki valójában most fiúnak vagy lánynak kellene lennie.

– Akkor, ha meghalok, olyan fizikai fájdalmaim lesznek, mint nekik?

– Igen, sajnos.

– Hogyan foglak halálom után esetleg megtalálni titeket?

– Kapsz egy aranykarperecet és nyakperecet ékszernek álcázva. A nyakperec segít lélegezni, amíg idefent leszel, és segít megszokni a földi légkört. A karperec jelzi, hogy hol vagy és élsz-e még. Ha már nem, akkor az utolsó helyszínre, ahol a jelek megszakadnak, érted megyek. És ha megkérhetnélek, sose menj a fény felé odaát, mert az csapda, de ezt te is tudod. Ha esetleg kicsit késnék, ne hagyd, hogy elvigyenek magukkal. Harcolj, ahogy csak tudsz. Mindenesetre az űrszekeredbe betápláltam az új letelepedési pontot, ha szerencsésen végződnének a dolgok. Bár erre igencsak kevés az esély. Még valami! Ha leértél, zárd el a gondolataidat, hogy ők ne tudjanak benne olvasni. Megértetted? Nem szabad tudniuk, hogy ki vagy és mire készülünk.

– Megértettem.

Az utasítások után lefeküdtem az ágyra. Becsuktam a szemeimet és vártam az érzést. Még csukott szemmel is láttam, hogy vakító fénnyel elárasztotta a fejem, azután jött az érzés, mintha egy pillanatra minden megszűnt volna körülöttem, de fájdalmat nem éreztem. A következő pillanatban zúgást éreztem ismét a fejemben, mint egy transzformátor mellett, és megint jött a nagy fényáradat. Mikor minden elcsendesedett, kinyílt a tető. Anubisz rám rakta a pereceket, megfogta a kezem és kisegített a szerkezetből. Akkora lettem, mint ő. Izmos karjaim és lábaim lettek hirtelen. Szőrzetet egyáltalán nem véltem felfedezni magamon, kivéve a szemöldököm és a hajam, ami mogyorószőkének tűnt. Nézegettem a hónom alját, a nemi szerveimet, mert igencsak szokatlan volt.

– Ott ne keress szőrzetet, mert ők is borotválják abban a melegben. Gondoltam, ezzel is megkönnyítem egy kicsit az életedet.

Átnyújtotta a ruháimat, hogy ezeket vegyem fel, még mielőtt az űrszekeremhez mennék. Kaptam egy kötényt és egy köpenyt. Kérdeztem, hogy a köpeny minek.

– Eltakarni az arcodat, hogy ne tudjanak téged lemásolni. Ha lehet, mindig csak a földet nézd. Csak akkor emeld fel a fejed, ha biztos vagy benne, hogy azzal az illetővel beszélsz, akivel valójában akartál. Olyan kérdéseket tegyél fel neki, amitől fájdalmas érzést kell nyilvánítania. Ha nem teszi, akkor tudod a dolgod. Ezt a köpenyt a papok hordják. Neked a templomodba kell először menned, amit a te tiszteletedre és a férjed tiszteletére is építettek Egyiptomban.

Felöltöztem, majd sietve távoztunk az épületből, közben Anubisz egy speciális kardot adott a kezembe és egy pajzsot, aminek fénylő kék színe és zúgó hangja volt majd így szólt:

– Ezeknek az anyagát nem bírják. Hamu lesz belőlük. Csak óvatosan bánj velük, hogy másban ne tégy kárt.

Papnő létemre mindenféle kiképzést kaptam, tehát nem volt számomra új dolog egy összecsapás fogalma. Sejtettem, hogy mire számíthatok, ha kilépünk a szabadba. Félistenként dimenziókban ugrálni már nem egészen volt kivitelezhető, viszont egy villámgyors futás már igen. A kedves társamnak meg sem

fordult az agyában, hogy esetleg magamra hagyjon, amíg el nem érek az űrhajómig. Természetesen még mindig össze voltam kötve mindenkivel a bolygónkon, és éreztem a fájdalmaikat és hallottam a jajveszékelésüket. Rettenetes volt elviselni – hát még az érzést, hogy ott kell hagynom őket! Egyszerre éreztem miattuk fájdalmat és kimondhatatlan dühöt, hogy nem tudok mindenkit megmenteni, mert fogytán az idő. Atyánk terve volt, hogy elpusztítja a bolygónkat, még mielőtt a gyíkszeműeknek a kezébe kerül az összes tudásunk és technikánk az emberi test előállításáról vagy bármilyen test megalkotásáról. Kilépve az épületből egymásra néztünk, mindketten bólintottunk egyet, és villámgyors futásba kezdtünk. Közben a két lábon járó gyíkokat irtottuk, amiknek nyálkás, pikkelyes bőrük volt. A testfelépítésük, mint egy emberé, a színük, mint egy gyíké. A szemeik vagy zöldnek, vagy sötétben sárgának mutatkoztak. Ha nagyobb fény érte őket, fekete hártyával takarták el. A mi szemeink színe nagyon szép sötétkék volt, vagy sötétvörös. Nálunk csak ez a két árnyalat létezett. Ruhát nem viseltek, mert nem volt miért, ugyanis ivartalanul szaporodtak, ami annyit jelent, hogy a testük kisebb részekre szakadt, s minden leszakadt részből egy új egyed keletkezett. Ezáltal nem tartalmazott a testük lelket, csak valami ahhoz hasonló utánzatot, amit nem Atyámtól eredt. Érzésekkel sem rendelkeztek. Senki és semmi iránt semmilyen érzést nem tudtak kimutatni. Irányítani csak az az egyvalaki tudta őket, akitől eredendően származtak. Innen eredt náluk a hatalomvágy és a különböző galaktikák leigázása. Ezért volt szükségük emberi testekre, na meg a mieinkre. Táplálékforrás, tanulmányozás, genetikailag előállítani új fajokat, keverve a sajátjukkal stb. A csatázás közepette elértünk egy nyílt terepre, ahol már várt a családom és paptársaim, hogy gyorsan elköszönjünk egymástól. Közben a hadseregünk irtotta a rémeket. Mindenkit készen állva várt az űrhajója. Sírások közepette még felszállás előtt megígértettem Anubisszal, hogy utánam ne engedje a kisebbik fiamat, még ha tehetné se, mert visszajövök, és nem állok jót magamért. Csak bólogatott beleegyezően, közben potyogtak a könnyei. A gépem közben leengedte a létrát, én felmásztam a belsejébe. Beültem a székembe, majd rátenyereltem a műszerfalra, és minden kérdés nélkül már indult is. Tudta, hogy most jobb, ha meg sem szólal. Kellő sebességgel haladtunk a célunk felé. Közben még mindig hallottam és éreztem az érzéseket és kiáltásokat a bolygónkról. Azt hittem, megbolondulok, ha ennek nagyon gyorsan nem lesz vége.

Elérek egy sziklás tengerpartot, mindentől és mindenkitől jó messze. Ott leszáll az űrszekerem. Fájó szívvel búcsút veszek tőle, és miután elhagyom, láthatatlanná teszi magát. Majd a következő pillanatban már a templomomban vagyok, ami belülről nagyon hasonlít I. Széthinek a mostani Abüdoszban található templomára.

Itt elszaladok a terem közepéig, majd földre rogyok, elfekszem a hideg kövön és hangosan imádkozni kezdek Atyámhoz, hogy „legyen már vége, kérlek, legyen vége". Kis idő elteltével jön egy hatalmas, robbanásszerű érzés, és hirtelen mindennek vége szakad. Nem hallok és érzek már semmit az otthonomból. Csak a néma csendet hallgatom. A következő jelenetek már nem egybefüggők és erősen hiányosak. Járkálok az utcákon, tereken, keresgélve a még megmaradt társaimat. Természetesen lehajtott fejjel, és közben gondolkodom magamban, de sajnos hangosan. Hirtelen és váratlanul viszonzásképp jönnek a válaszok: „Hagyd abba! Takard el a gondolataidat, mert az ellenség látja őket!" Ekkor egy kicsit megnyugszom, hogy nem vagyok egyedül, és azon kezdek gyorsan munkálkodni, hogy végleg elzárjam a gondolatokat a fejemben. Az utolsó kis filmemben ülök sebesülten egy asztalnál. A lábaimon keresztül folyik a vérem. Tudom, hogy nem sok van hátra és már az űrhajómra sem tudok visszamenni, mert a gyíkok talán mostanra megtalálták és tönkretették. Üvegek és agyagedények tömbkelege áll az asztalon, és senki sincs körülöttem. Egyedül üldögélek ezen a helyen. Miután nagyon félek a fizikai fájdalomtól, elkezdek inni. Nem érdekel, hogy melyik edényben milyen folyadék van, csak arra törekszem, hogy minél hamarabb elkábuljak, még mielőtt utolér a halál. Az ékszerek sincsenek már rajtam, hogy az otthoniak megtaláljanak: nem volt hozzá elég bátorságom, hogy Atyám elé álljak megint csak a rossz hírekkel, hogy ismét kudarcot vallottam. Inkább maradok, hogy esetleg majd a következő életemben talán egy-két lelken még megpróbáljak segíteni. Hátha magukhoz térnek, hogy valójában ki a valódi Isten és ki nem. Már ha még emlékezni fogok valamelyest, hogy ki voltam én valójában, és mi célból vagyok itt.

Aztán egyszer csak ráborulok fejjel az asztalra és jön a sötétség. Hangokat kezdek hallani a fejemben, hogy térjek észhez, mert már józan vagyok. Tisztában vagyok vele, hogy már nem tartozom az élők sorába, de még józan sem vagyok. Nincs kedvem magamon erőt venni, hogy kijózanodjak azért, hogy lássam magam körül, ki az, aki beszél hozzám, mert tudom, hogy számomra most kezdődik csak igazán a vég. Csak kapdosom magam körül az edénykéket és próbálok inni belőlük, de természetesen már egyet sem tudok fizikálisan megfogni. Egy idő után megunom ezt az állapotot, kijózanítom magam. Körbenézek és látok két tollas szárnyú lényt gladiátornak öltözve, akik már sajnos meg sem ismernek és osztogatják az utasításokat. Hagyom, hogy elvigyenek, szégyenemben minden ellenállás nélkül. Ezzel véget ér a jelenet.

NEPHTHYS ÉBREDÉSE

Most megpróbálom összegezni az eddig leírtakat és érthetően elmagyarázni, hogy hol tartunk most és mi lett volna a cél az eddigi tapasztalataim, kutatásaim és emlékeim szerint. Nyugodtan lehet nagyképűnek, beképzeltnek, istenkáromlónak vagy akár rasszistának hívni, csak egyvalamit kérek cserébe: gondolkodj! Ahogy mesterem mondta anno: nem kell semmit sem elhinni, csak járj utána!

Akkor kezdjük ott, hogy valójában miért is lett az emberiség megteremtve elsősorban. Nem bányászat céljából, még véletlenül sem. Elsődleges célja Atyámnak egy hadsereg felállítása lett volna. Ő már akkor tudta, hogy mi fog következni a Földön és nálunk a bolygón, ha nem avatkozik közbe időben. Az abüdoszi templom faragása magáért beszél. Ugyanis firkálhatott volna hadászati eszközök helyett mondjuk egy édenkertet vagy bányászásra utaló ábrákat, de nem tette. Tisztában volt vele, hogy mit jelent a szabad akarat, amit még ő alkotott meg a teremtésünk előtt, mint fogalom. Tehát ebből adódóan számított arra, hogy nem minden népcsoport fog ehhez a projekthez csatlakozni. Ennek fényében kénytelen volt olyan lelkeket alkotni, akik le voltak butítva. Elvégre is egy katonának, hogy végrehajtsa a parancsokat, nem kell sok ész, de a lélek feltétlen az alapját képezi, mint ahogy ez kiderült a kísérletek során. Ő nem isteneket akart eredendően teremteni, mert azok már megvoltak, de meghagyta annak lehetőségét, hogy esetleg, akik nem csatlakoznak, előbb vagy utóbb azzá válhassanak tanulás útján. Ez olyan, mint ha lenne egy számítógéped, aminek fullos az alaplapja, de rajta a kártyák kevés memóriával futnak. Csak rajtad múlik, hogy idővel lecseréled őket vagy sem. Jóslata bevált. Azok a népcsoportok, akik elvállalták a katonai hadviselést, azokat elvitte a Földről további kiképzésre, akik nemet mondtak, azok maradtak és fejlődhettek tovább. De mivel már genetikailag nem a tétlenség volt beléjük táplálva, így adott nekik munkát, hogy ne bolonduljanak bele az unalomba. Így lettek bányászok. Ebben az időszakban még nem létezett az úgynevezett köztes világ. Nem is ismertük ezt a fogalmat vagy létformát. Nem léteztek bolyongó lelkek sem, akik azt sem tudták volna, hogy élnek vagy halnak. Istenek feleltek minden egyes lélek létezéséért, hogy ilyen vagy ehhez hasonló meg se történhessen. Ezért volt szükség az akkori papokra is, hogy irányítottan kerüljön a lélek egyik testből a másikba, bolyongás nélkül. Minden irányítottan és precízen működött akkor még. Sosem volt több lélek a kelletténél. Tehát felhalmozás sem létezett semmilyen formában. Nem alkottunk fölösleges tereket lelkeknek, mondván, hogy *te most addig itt pihensz, amíg újjá nem születsz vagy amíg a többi lélek el nem éri a tökéletességet és be nem jutunk egyszerre a „paradicsomba".* Ami a biblia szerint annyit jelentene, hogy eggyé válni istennel. Tehát egy tudatot teremteni minden ellenállás nélkül. Nem gyanús ez egy kicsit? Jómagam szeretnék inkább a saját tudattomnál maradni. Ha egy lélek eléri a tökéletességet, azon nyomban istenné válik, vagyis lesz saját neve és hatalma, és nem válik eggyé semmilyen istennel, mert saját lélekkel és öntudattal rendelkezik, amit nem lehet már összeforrasztani semmifajta más lénnyel vagy lélekkel vagy bármi mással, mert csak egy lesz vagy van belőle. Ennyi erővel egy sziámi ikerpárnak is csak egy lélekkel kellene rendelkeznie, ha ez kivitelezhető lenne. Tehát ez a biblia azt próbálja felvázolni, hogy teljes odaadással lemondasz minden saját akaratról, vagyis a szabadságodról azért, hogy eggyé válj azzal az eggyel öntudat nélkül, hogy uralkodhasson feletted teljes mértékben, és akadályok nélkül felhasználhatóvá válj az ő számára, mint táplálékforrás. **Örökkön-örökké.** Most halkan megkérdezem, hogy tényleg ezt akarod? Az a bizonyos mennyország, ahová mindenki szeretne eljutni élete után, valójában az Atyám mellett lenne, vele összekötve abban a bizonyos dimenzióban vagy bolygón, ahonnan én is jöttem. Ott létezik a szabad akarat a mai napig, és ezt a helyet nevezik a mostani papok Pokolnak, és nem mennyországnak vagy Paradicsomnak. Az úgynevezett „pokol", ahol a papok állítása szerint üstben kínozzák a lelkeket a démonok és ördögök, sem létezett, és nem is létezik. Csak az ember agyában, már ha megteremti magának abban a bizonyos térben, ahonnan nem lehet egykönnyen kijutni, ha nem kapcsolsz időben és rá nem jössz, hogy az egész csak ILLÚZIÓ. Mindjárt a bizonyos tölcsér után. Amit nagy szeretettel szoktak még alkalmazni, mint illúzió, hogy az ember halála után megjelenik az a bizonyos fehér fény, majd esetenként megjelennek olyan lelkek, akiket az elhunyt szeretett halála előtt, de már nem élnek. Hihetetlen, hogy mikre képesek csak azért, hogy velük menj. Ilyenkor kihasználják az alakváltós trükkjeiket. Természetesen a lélek – mert elhiszi, amit lát – elindul a fény felé, mint valami muslica. Na, ilyenkor kell hátat fordítani, vagyis kellene, és erősen gondolni mondjuk egy valós istenre. Lehet, hogy meglepődnének azon, aminek utána kéne történnie. A szabad akarat ereje mindenhol és mindenféle téren működik. Csak rajtad múlik, hogy mit választasz mindig. Az illúzióhoz hozzátartozik a mennyország kapuja is. Nem véletlenül jelenik meg ez a dolog még agymosás előtt. Ugyanis ahhoz, hogy a lelket alá tudják vetni egy ilyen agymosásnak vagy beavatkozásnak, teljes odaadásnak kell megtörténnie az „agyban". Máskép képtelenség belenyúlni, mert ellenállásba ütköznek, ami hatalmas károkat okozhat a léleknek, és ezáltal használhatatlanná válik a következő feladatra, vagyis, hogy el tudják vele fogadtatni az újjászületés fogalmát az ő szándékaik szerint. Valójában ezzel teljesen eltüntetik egy időre a szabad akarat fogalmát a lélekben. Ezért sem sikerülhetett nálam a teljes törlés, mert már akkor sem hittem a mennyország kapujában, sem az általuk kialakított pokolban. Tehát falakba ütköztek törlés közben. Én erősebbnek tűntem náluk már akkor is. És ha emlékeim nem csalnak, félúton abba kellett hagyniuk a törölgetést, mert a tudatom nem engedte a folyamatot. Vagyis lefagyni látszott a rendszer. Jött a kék halál, mint a Windows-ban.

Az a köztes világ, ami meg lett teremtve, azt nem az én Atyám teremtette. Én inkább egy hatalmas lelki börtönnek nevezném, ahonnan nincs kiút. Nem mehetsz oda, ahová akarsz, és nem csinálhatod azt, amit akarsz. Minden és mindenki felügyelet alatt áll. Megszüntetik az ellenállóképességed, és mindenre csak bólogatsz, mint jó gyerek az iskolába. Ezáltal elfogadod az új testedet, amiben odalent meg kell születned, és nem te választod magadnak, csak rávezetnek, hogy ezt kell választanod, mert nincs több lehetőség (7,8 milliárd emberből?), és addig győzködnek mindenről és hazudnak szépeket, hogy kénytelen vagy belemenni a játékukba, mert nem tudsz és nincs erőd ellenállni. Pedig ha meglenne az ellenállóképességed, hidd el, hogy magad is ki tudnád választani a számodra megfelelő testet és családot, és mindent, amire szükséged van vagy lenne, mert a lélek is arra törekszik önszántából is, hogy mihamarabb tökéletessé váljon. Az már más kérdés, hogy ők ezt nem engedik. És tudod, miért tudják ezt veled megtenni? Mert hittél és hiszel a **KARMA** szó hatalmában, amit a nemkívánatos barátunk megalkotott az emberi tudatban a hit által. Ezért van az, hogy kedves láma papok sem lesznek sosem tökéletesek vagy válnak istenné, mert e szerint a tan szerint élnek. Pedig mindent remekül csinálnak, mint levitáció vagy testtömeg-növelés és tiszta gondolatok vagy egészséges táplálkozás, de azt a frányra karmát nem hajlandóak megtörni. Elfogadnak mindent úgy és abban a formában, ahogy szerintük az istenük megteremtette, és minden úgy történik, ahogy ők azt akarják, és ezáltal meg sem próbálnak ellenállni a nagy istenüknek. Mert szerintük minden úgy jó, ahogy van, és a karma kerekét nem lehet megtörni. Persze, hogy nem, ha nem is akarod. Tehát ezt a bizonyos nemlétező törvényszerűséget, amit nem Atyám teremtett és táplált az emberek és mosott agyú istenek agyába, egyszer és mindenkorra meg kell törnöd, ha tovább akarsz jutni. Nincs, nem létezik, és soha nem is volt. Semminek sem kell így történnie, ha te nem akarod. „**Shift**"!

Ott kizárólag emberi lelkek vándorolnak egyik helyiségből a másikba mosott agyú istenek felügyelete alatt, akiknek a neveit is megváltoztatták, hogy még véletlenül se ugorjon be nekik, hogy kik lehetnek valójában, akiket ma az emberiség angyaloknak nevez. Kizárólag csak a Földet sikerült megfertőzni azzal a bizonyos egy és nemlétező isten hitével, ugyanis ő nem tartozik a mi isteneink közé, mert nem isten, csak egy élősködő a nyakunkon, aki próbálja átvenni az uralmat a földi lelkek felett. Azokat a bizonyos harcikutyákat, amiket a sötétségben láttam és most úgy nevezik őket, hogy démonok meg ördögök, ezeket a gyíkoknak sikerült kifejleszteni genetika útján. Ők sem rendelkeznek lélekkel, csak lenyomattal, ezáltal irányíthatók azzal az egy bizonyos nemlétezővel. Ezért nem tudtam velük értelmesen kommunikálni. Úgy gondolom, hogy volt hozzá elég alapanyaguk és idejük, hogy a szárnyas istenek genetikáját keverjék a sajátjaikkal. Utána már nem volt nehéz felruházni őket az elfeledett isteneink nevével, rémisztgetve ezzel az embereket. Azért van annyi bolyongó lélek a Földön, mert ragaszkodnak esetleg az otthonaikhoz és nem szándékoznak továbbállni, és talán még indulatokkal is tele vannak, mert nem tudták őket rávenni, hogy bocsássanak meg mindenkinek az elmúlt életükben, ezzel alávetve az ő akaratuknak. Tehát megmaradt az ellenállóképességük, vele együtt a szabad akaratuk, ami fölött nincs hatalmuk. Vannak, akik a mai napig várják a temetőkben a nemlétező feltámadást, és nem hajlandóak elhagyni a sírhelyüket. Vajon a szárnyas barátaink miért nem beszélnek velük? Azért, mert a fönti „egynek" nincs haszna belőlük, ugyanis ezeket hívom én lenyomatnak és nem lelkeknek. Lenyomat az, aki valaha élt emberi testben, de nem lélek formájában, csak annak látszódó energialenyomat volt. Ugyanis kedvesnek nem mondható gyík barátainknak sikerült az emberi testet leutánozniuk, keverve a sajátjukkal. Na, ezekbe a testekbe Atyám nem adott lelkeket, és nem is fog. Ezért is van ennyi „ember" ezen a bolygón. Ezeknek a hibrideknek igen különös a viselkedésük. Nem tudnak részvétet mutatni a másik iránt. Őket soha az életbe nem fogod sírni látni tiszta szívből, és egyébként sem. Ha leállsz vele beszélgetni, egy idő után csak azt veszed észre, hogy teljesen lemerültél. Elfáradtál, és legszívesebben lefeküdnél aludni. Tehát leszívta az energiádat. Ha mélyen belenézel a szemébe – már ha engedi, mert a szem a lélek tükre –, nem látsz semmit, csak a nagy ürességet. Nem bírják elviselni, ha nem uralkodhatnak a másik felett, és természetesen mindig nekik van igazuk. Felelősséget sem vállalnak semmiért, és mindig a másikat okolják. Ha ellent mersz mondani valamiben, dühkitöréseket produkálnak. Öngyilkosok sosem lesznek, meg sem próbálják semmilyen életkörülmények között, de gyilkosok annál inkább. Csak azokat az embereket viselik el maguk mellett, akik olyanok, mint ők. Egyébként meg alapjáraton utálják az összes embert a Földön, és nem hajlandóak velük közösködni. Ortodox viselkedésük van. Aztán ott vannak még azok a lények, akik szellem formájában egy emberre hasonlítanak, de valójában a harcikutyák. Rettentő profi módon tudnak alakot váltani és láthatatlanná válni. Ők szoktak az ördögűzős filmekben is szerepelni. Akkor kezdtem igazán elgondolkodni és rájönni dolgokra, miután rengeteg ilyen filmet megnéztem, és ugye a volt mesterem is mesélt nekünk az angyalok háborújáról. Arról, hogy hogyan kezdődött és mi lett a vége; ki volt az a bukott angyal stb. Igen ám, de ha ő ennyire értelmes lény volt, akkor az alattvalóinak – tehát az ördögöknek és démonoknak – is intelligensnek kellene lenniük. Minden jel arra mutatott, hogy lehetett velük kommunikálni még a háború előtt, és azt is mondta a mester, hogy mindegyik tökéletes lény, de nincs lelkük, ezért kezdődött a háború az emberekkel szemben és egymással. Ez az elmélet is megbukott, mert **lélek nélkül nincs értelem, nincs öntudat, tehát akkor nem lehet tökéletes** sem, és nem is tudtak volna egymás ellen fordulni, ha tényleg csak egy bizonyos istentől származnak. Főleg, ha a gyíkszeműekből indulunk ki, akik reproduktívan szaporodnak, lélek nélkül, mert a tudatuk **ahhoz az egy teremtőjükhöz tartozik,** és csak ez által lehet őket irányítani. Tehát képtelenség, hogy egymás ellen tudjanak fordulni. Ami még nagyon érdekesnek és elég feltűnőnek tűnt, hogy általában sárgás-vöröses vagy fekete szemmel ábrázolják őket a filmekben, és természetesen mindig fröcsög a vér körülöttük, mert annyira „szeretik" az embereket.

Nem zárom ki annak a lehetőségét, hogy ezt a bizonyos gyíkfajt valaki kiengedte, vagy esetleg megszökött egy általunk létrehozott laboratóriumból, mert ugye valaki vagy valami megteremtette nemi szervek nélkül. Én is próbálkoztam feltámasztással lélek nélkül, de ott be is fejeztem a projektet. Talán valaki ezt továbbgondolta és meg is valósította a tudtunk nélkül, nem gondolva bele a súlyos következményekbe.

Most megkérdezném halkan a kedves olvasót, hogy szerinte melyik lehet az a népcsoport, ami még az időszámításunk előtt 1200-ban lejegyzett egyiptomi írásokban sem szerepel? Gyakorlatilag megjelentek a nagy semmiből.

Ezek az információk az Ebla Táblák lefordításából erednek:

Ne tévesszen meg senkit a Biblia sok konfúziós leírása, mely politikai hagyomány, s így történetei nem hitelesek. Nem is bizonyíthatók. A Bibliában említett IZRAEL népe sohasem tartozott a judaizmus és héberizmus világához, hiszen a judeaiak ellen háborúkat vezettek. Tekintve, hogy a bibliai történetek eredeti „kéziratai" nem léteznek, és a legidősebb „bibliai kéziratmásolat" nem öregebb az i.e. 3. évszázadnál, mondhatjuk azt, hogy mindaz, ami a Bibliában az izraelitákról írva van, nagyon kései fogalmazás, történelmileg bizonyítva nincs, és a júdeai héberek egyszerűen magukra vették a náluk kulturáltabb, régebbi származású, de júdeai segítséggel legyőzött IZRAEL népének nevét akkor, amikor a kánonjukat szerkesztették. A világtörténelem legnagyobb szemfényvesztése ez, melyet csak úgy tudtak keresztülvinni, hogy „pápai csalhatatlansági dogmával" „Isten szavának" nyilvánították a Bibliát. De a hivatásos történészek sem fogadják el szótlanul a biblikus szellem által köztudatba vitt történetet. Nem akarják maguk ellen lázítani a júdeai kereszténység öszszes teológusát és a mai héberizmus gazdag könyvkiadó vállalatait, tehát óvatosan, de a szakemberek részére érthetően utasítják el a biblikus „sztorik" hitelességét.

Amit sokan nem látnak, mert nem fejlődött ki a harmadik szemük, az az, hogy a mai napig dúl a háború a két faj között. Mindenki a lelkekért harcol. Atyám teljes erőbedobással küzd az övéiért, mint jó apa a gyermekeiért, mindannak ellenére, hogy kiátkozták és mindennek lehordták és lehordják, és minimális szeretetben van része a földi emberek részéről, de nem adja fel a reményt. Senkit nem akar elveszíteni, de sajnos előbb vagy utóbb Ő is belátja, hogy ez így az idők végezetéig nem mehet tovább. Most, hogy ilyen „jól" alakultak a dolgok a Földön, és a gyíkfajúaknak sikerült szinte teljesen átvenni az emberek felett az uralmat – na meg a lelkükön –, mi kevesek, akik kezdünk ébredezni, próbáljuk a társainkat is felébreszteni, és visszatérni Atyánkhoz. Az igazat megvallva nagyon kevés esélyét látom annak, hogy azokat az embereket is fel tudjuk ébreszteni, akiknek a lelke még nem fejlődött ki teljesen. Ők sajnos túl korán kapták a „pofont", vagyis az első agymosást odaát. Tisztában vagyok vele, hogy kézzel-lábbal hadakozni fognak e könyv láttán és bizonyára lehordanak mindennek, de egyvalamit ne feledjenek: akik felébredtek, azok kijutnak ebből a pokolból, akik meg nem, azok maradnak, ha eljön az idő. Aki viszont úgy érzi, hogy van benne valami abból, amit itt leírtam, és esetleg még maradtak emlékei abból a dimenzióból, amit hívhatunk Paradicsomnak, de nem tudja, hogy hogyan tovább és segítségre lenne szüksége, mert ezt egyedül nem is lehet véghez vinni, hogy úgymond Superman legyél ismét, vagy valami hasonló, vagy csak te is szeretnél a harmadik szemeddel látni és érezni valós isteneinket, azoknak több dolgot is tudok ajánlani.

Kezdjék az alapoktól. A számukra legszimpatikusabb oktatásokat keressék a neten, hogy újra megtanuljanak energiákkal bánni. Meditálni, koncentrálni, felemelni a kundalíni kígyókat a gerincre tekeredve stb. Kutassák fel Egyiptom isteneit és tanulmányozzák őket, hátha mindenki magára talál úgy, mint én, hogy ki volt valójában, és mi lenne a feladata. De ha mindenekelőtt szeretnél kijutni ebből a mókuskerékből, mert nem akarsz több agymosást odaát, akkor fogj egy fehér tiszta papírt és írj egy szerződést a saját szavaiddal. Szerepelnie kell benne, hogy lemondasz a mostani egyház által kikiáltott egyistenükről teljes szívedből, és elfogadod, mint valós teremtőt, Enkit, mint egyetlen valós istent. Egy csepp vérrel, ami a DNS-beazonosítás végett kell – mert ne feledd, hogy a köpenyt rád tették születésed előtt, amiben úgyszintén benne van a DNS-ed, másképp nem tudnak halálod után beazonosítani – aláírod a szerződést. Majd égesd el a papírt. Ezt egyszer megteszed, és soha többet nem kell. A köpeny, amit odaát ránk dobálnak, legfőképp azt a célt szolgálja kifordítva, hogy általa **felismerhetetlenné** válunk isteneink számára. Nem akarok rondán fogalmazni, és tudom, hogy sokan nehezen fogadják el a halál fogalmát, de ha ezt megteszed, utána már nem kell azon aggódnod, hogy hogyan fogsz meghalni, és biztos működni fog a dolog. Tehát itt már teljesen mindegy lesz a *hogyan*, csak az a lényeg, hogy ne kerülj többet a markukba. Ne csodálkozz, ha teljesen máshogy fogod utána érezni magad – esetleg boldogabbnak, mint előtte voltál. Velem legalábbis ez történt. És köszönöm, jól vagyok, és leszek is. Már nincs félelemérzetem a halál fogalmától, inkább már várom, hogy mikor kerülök ki ebből a pokolból, amit ők tettek azzá.

HERZ FÜR AUTOREN A HEART FOR AUTHORS À L'ÉCOUTE DES AUTEURS MIA KAPΔIA ΓIA ΣΥΓ
HARTA FÖR FÖRFATTARE UN CORAZÓN POR LOS AUTORES YAZARLARIMIZA GÖNÜL VERELIM S
UORE PER AUTORI ET HJERTE FOR FORFATTERE EEN HART VOOR SCHRIJVERS TEMOS OS AUT
SZERZŐINKÉRT SERCE DLA AUTORÓW EIN HERZ FÜR AUTOREN A HEART FOR AUTHORS À L'ÉCO
ORAÇÃO BCEЙ ДУШОЙ K ABTOPAM ETT HJÄRTA FÖR FÖRFATTARE Á LA ESCUCHA DE LOS AUT
EURS MIA KAPΔIA ΓIA ΣΥΓΓΡΑΦΕΙΣ UN CUORE PER AUTORI ET HJERTE FOR FORFATTERE EEN
ARLARIMIZA GÖN ET SZERZŐINKÉRT SERCE DLA AUTORÓW EIN HERZ FÜ
OR SCHRIJVERS T O CORAÇÃO BCEЙ ДУШОЙ K ABTOPAM ETT HJÄRTA FÖ

A szerző

Demona Darth 1976. március 28-án született
Budapesten, két testvére van. Nehéz gyermekkort
követően tizenhét éves korában, egy sikertelen szuicid
kísérletet követően döntött úgy, hogy változtat életén:
elhagyja alkoholista anyját és apjához költözik. Ezt
követően munkát vállalt, nem sokkal később férjhez
ment. Háromszor ment férjhez, háromszor vált el,
de harmadik férjével tizenkét éve újra együtt él.
Végzettsége szerint személy- és vagyonőr, de több
munkakörben megfordult – többek között dolgozott
gyári munkásként, varrónőként –, ezután talált rá
jelenlegi munkahelyére, ahol CNC gépkezelőként
tevékenykedik. Egy felnőtt lánya van. Hobbija a
számítógépes játék, a főzés, önmaga fejlesztése,
meditáció. Különleges képességei közé tartozik a
jósálmodás, valamint az asztrálutazás, amely során más
dimenziókban segít az ott élőknek.

novum 🦅 KIADÓ A SZERZŐKÉRT

A kiadó

Aki feladja,
hogy jobbá váljon,
feladta,
hogy jobb legyen!

E mottó alapján a novum publishing kiadó célja az
új kéziratok felkutatása, megjelentetése, és szerzőik
hosszútávú segítése. Az 1997-ben alapított, többszörösen
kitüntetett kiadó az egyik legjelentősebb, újdonsült
szerzőkre specializálódott kiadónak számít többek között
Ausztriában, Németországban és Svájcban.

**Valamennyi új kézirat rövid időn belül egy
ingyenes, kötelezettségek nélküli kiadói
véleményezésen esik át.**

További információkat a kiadóról és a könyvekről az
alábbi oldalon talál:

www.novumpublishing.hu